JN077984

睦月影郎

昭和好色一代男
再び性春

実業之日本社

実業之日本社文庫

昭和好色一代男　再び性春　目次

昭和好色一代男　再び性春

第一話　孫の体で再び性春

1

（何だ、今の物音は……）

横になったまま、昭一郎《しょういちろう》は耳を澄ませた。

しかし起き上がって見に行くことは出来ない。神成《かみなり》昭一郎は九十四歳、人工呼吸器を着けて寝たきりなのだ。

会話も筆談も出来ないが、意識だけははっきりしている。医者である一人息子、忠男《ただお》の見立てでは余命半年ほどだと言うが、息子は昭一郎が全て会話を聞いて理解しているなど夢にも思わないだろう。

ここは都下郊外にある住宅で、隣接した場所には息子が開業している医院がある。

(泥棒か、それとも二階の孫、平太《へいた》に何かあったか……)

ここは離れで、忠男が昭一郎の病室として設備を整えてくれたのだが、こちらにまで激しい音が聞こえてきた。

しかし医院にいる忠男とその妻、事務をしている良枝《よしえ》には聞こえていないだろう。

昭一郎は母屋《おもや》の様子が気が気でなく、懸命に起きようとしたが、元より全身は動きようもない。

だが、そのときフッと意識だけが肉体を離れたのである。

(え？　なるほど、これが幽体離脱というものか。そろそろお迎えが近い証拠かも知れんな……)

昭一郎は自由になると、寝たきりの自分を見下ろした。

(ううむ、歳を取った。このうえ忠男夫婦の厄介になるなら、半年と言わずすぐにも逝《い》きたいものだが)

彼は思ったが、とにかく自由に動けるようになったので、意識だけ離れを抜け出して母屋へと行ってみた。

するとリビングの端、二階に通じる階段の下で、三十歳になる孫の平太が昏倒しているではないか。

(ああ、食い物を探しに降りてきたところ、足を踏み外したか。情けない)

昭一郎は、引き籠もりの孫の身体を見てみたが、死んでいるわけではなく打撲だけのようだ。

しかし八十キロほどもある平太は、幼い頃から運動もせず、大学を出てからは作家を目指して二階に引き籠もっていたから、運動不足と体重過多で足をもつれさせたのだろう。

しかし、昭一郎が平太の身体を覗き込んでいるうち、スッと魂がその肉体に入ってしまったのだ
「うわ……」

昭一郎は声を出し、平太の身体で慌てて起き上がった。

「ま、孫に入ってしまった。だが動ける!」

昭一郎は、久々に動く肉体を得て歓喜に包まれた。

メガネがなくても視界ははっきりしているし、八十キロあっても全身が軽い。

頭と腰に打撲の痛みはあるが、そんなもの動ける嬉しさで吹き飛んでしまった。

ふと見ると、床に平太の魂らしきものがモヤモヤと蠢《うごめ》いていた。

「情けない。死んだと思って魂が抜け出てしまったか」

昭一郎は呟《つぶや》き、そっと両手で平太の魂を包み込み、再び離れへ戻っていった。

「いいか、引き籠もりも寝たきりも似たようなものだ。半年ばかり横になってノンビリしていろ。つまらん音楽やゲームなどより、ずっと落ち着いて瞑想できるぞ」

昭一郎は、横になっている自分の口から、平太の魂を入れてしまった。それはスッと入り込み、寝ている昭一郎に生気が戻って瞬きもするようになった。

「いいか、半年ばかりで、いよいよ儂《わし》が召されるとき、また来て入れ替わってやる。それまでこの身体を借りるぞ」

昭一郎、いや、平太となった彼は自分の老いた肉体に語りかけてから、やがて離れを出て母屋へと戻り、キッチンであり合わせのものを食った。

「う、旨い……！」

冷や飯とふりかけに漬け物だけだが、それは実に美味だった。何しろ数年間、栄養を鼻から注入され、あとは点滴だけだったのだ。

「まずは、この出っ張った腹を引っ込めてやろうか」

食い終えると茶を飲み、平太は自分の出っ腹を撫《な》でた。

昭一郎は、昭和元年の大晦日《おおみそか》生まれ。

母親は、一日後の元日生まれにしたかったようだが、父親は昭和二年より、何でも一が良いと言うことで、大晦日生まれで昭一郎と名付けた。

勉強も運動も優秀で、旧制中学を出てからは陸軍士官学校に入ったが在学中に終戦。

戦後は警察予備隊に入ったが、あらためて警察学校に入り直し、警官となる。数々の事件に遭遇して、敏腕のデカ長（部長刑事）となり、定年退職時は警部補。柔道と剣道が三段だが、警察官なので実際の段位より強く、しかも実戦経験も豊富だった。さらに警棒術と逮捕術も優秀で、定年後も署の道場で長く講師をした。

息子の忠男も優秀で医者となったが、たった一人の孫、平太は平成元年生まれ、勉強やスポーツより家での読書が好きで、今はゲームばかりだ。

作家を目指していても、夢を抱いてばかりで持ち込み一つしていない。

親も忙しさにかまけて甘やかし、本人は外出もせず太るばかり、食事も家族とせず、こうして昼間誰もいないとき台所を漁りに来る体たらくだった。

「今から俺は平太だ。半年後に入れ替わるまでに鍛えておいてやろう」

平太になった昭一郎は思い、二階の彼の部屋に入ってみた。

不潔な男の臭気が満ち、彼は窓を開けて空気を入れ換え、散らかった雑誌やCDを片付け、ベッドの布団を干して掃除した。

五感が研ぎ澄まされ、身体が自由に動くのが何より嬉しく、たちまち室内は綺麗になった。そして彼は腕立て伏せをし、腹筋運動を繰り返した。

なまった身体には酷《こく》かも知れないが、彼にとっては疲労すら嬉しいことであった。

やがて汗をかいたので階下のバスルームへ行ってシャワーを浴び、無精髭《ぶしょうひげ》を剃って髪と全身を念入りに洗った。

するとシャボンにまみれたペニスがムクムクと勃起《ぼっき》してきたではないか。

「おお、久々の感覚だ……」

平太は思い、本人は三十にもなって、まだ童貞《どうてい》なのだろうかと思った。

確かに、彼女が出来た話などは聞いていないし、大学時代もオタクと称する数少ない男友達とつるんでばかりだったようだ。

それを思うと平太は、この若い肉体で、今一度快楽が得たいと思ったのだった。

2

「あら、珍しいわね。シャワー浴びたの」

平太がバスルームを出て、二階から持ってきていた洗濯済みの下着とシャツを着ていると、医院から戻ってきた良枝が言った。

「あ、良枝……、いや、お母さん……」

平太は戸惑いながら言うと、六十歳になる良枝は怪訝《けげん》そうな顔つきをした。

「いつもは偉そうにオフクロなんて言うくせに、どうしたの」

「い、いや、少し外へ出てきます」

「まあ、気味悪いから丁寧語は止《よ》して」

驚く良枝をあとに、平太はズボンを穿《は》くとサンダルを突っかけ、外へ出てしまった。

実はバスルームで勃起したとき、思わず洗濯機にある良枝の下着でも漁ってオナニーしてしまおうかと思ったのだ。

だが、昭一郎にとって良枝は、六十歳になっても美しい嫁だが、この肉体、平太からすれば実の母親だから、それはさすがに我慢したのである。

(ああ、久々の外だ。まさか再び歩き回れるとは……)

平太は思い、五感を研ぎ澄ませながら住み慣れた町の風景を堪能した。

何やら、このまま署の道場まで行って稽古《けいこ》したいぐらいである。

ポケットにあった財布には、二千円ばかり入っている。別に買い物したいものはないがコンビニでも入って、最近売っているものを見てみようと思った。

と、ふと広い駐車場を見ると、隅の方で何か揉め事が起きているようだった。

デカ長の習性か、すぐにも駆けつけていくと、顔見知りの女性が言い寄られているではないか。

その女性は元女刑事の藤井涼子《ふじいりょうこ》、彼女が新人の頃に道場で何度か手ほどきをしたが、今は結婚退職をして子持ちになり、三十代半ばになっていよう。

彼女を取り囲んでいるのは三人、二十歳前後の見るからに不良だった。

美しく颯爽《さっそう》とした涼子をドライブに誘おうとでもしたか、激しく拒絶されてキレかかっているようだ。

「待て、何やっとる!」

　平太が怒鳴って近づくと、

「何だあ、このデブ。やろうってのか」

　正面のサングラスが口元を歪めて迫ってきた。他の二人も、平太を弱そうと見て、両側から退路を断った。

「ただのデブじゃないぞ。やるなら来い」

　平太は、自分の肉体がどれほど動け、さほど力はないだろうが覚えた技が使えるかどうか試したかったのだ。

「てめえ、カッコつけてんじゃねえ！」

　正面の男がいきなり殴りかかってきたので、平太は回り込んで手首を摑《つか》み、捨て身の一本背負い。

「うわ……！」

　男は呻《うめ》き、見事に彼の肩を中心に大きく弧を描き、激しく駐車場のコンクリートに叩きつけられていた。

「ぐええ……！」

　背中を打った男は奇声を発し、そのまま伸びてしまった。

「こいつ……！」

勢い余って片膝突いた平太に、左右から二人が迫った。すると見ていた涼子が迫り、後ろから一人の股間《こかん》を蹴上げていた。

「むぐ……」

呻いてくずおれると、平太も残る一人の水月《すいげつ》に鉄拳、さらに掌底《しょうてい》を鼻柱に叩きつけると、たちまち三人が地に転がった。

「ワッパ（手錠）！」

「え？　持ってないわ……」

「あ、そうか……」

思わず昔の癖《くせ》で涼子に言っていたが、すでに退職していたことを思い出した。

「じゃ退散！」

「わ、私の車に……」

言うと涼子が彼に言い、自分の軽自動車に乗り込んだ。

平太も助手席に乗り込むと、彼女は軽やかにスタートさせて駐車場を出た。

ショートカットで引き締まった肉体、退職しても、相変わらずキビキビとした行動で小気味よかった。

「あ、あなたは……？」

「神成昭一郎の孫の、平太です。涼子さんですよね？」

「まあ！　元デカ長のお孫さん……？」

言うと涼子は、目を丸くして平太の横顔を見た。

「しっかり前を見て」

「は、はい……、どこかで会ったかしら」

涼子は、年下の平太に緊張しながら言い、生ぬるく甘ったるい匂いを漂わせた。

「ええ、前に道場に見学に言ったときに」

「そう、すごい背負い投げね。デカ長そっくり……。デカ長はお元気ですか」

「いえ、今は寝たきりです」

「お見舞いに行ってもいい？」

「ええ、意識はないけど構いません」

言うと涼子は、彼に案内されて神成家へと行ってくれた。

医院の駐車場に停め、母屋に入るともう良枝も医院に戻って誰もいなかった。

涼子を招いて離れに行くと、人工呼吸器を着けた昭一郎が横になっていた。

「デカ長……」

涼子は感無量の様子で声を掛けた。しかし中にいる平太は、まだ自分が階段から落ちて死んだと思ったまま昏睡しているようだ。

「まあ、しばらくはこのままでしょう。回復の見込みは薄いです」

「そう……」

「少し二階で休んで下さい」

「ええ、私も少しお話ししたいので」

涼子が言うので、平太は冷蔵庫から烏龍茶のペットボトルを出し、グラスを二つ持って二階へ上がった。

片付いて布団も干されているので、中はマットレスだけのベッドと、あとは机と本棚、パソコンぐらいだ。

「さっきは、なぜからまれていたの」

平太は、グラスに茶を注ぎながら訊《き》いた。

「ビールの缶を駐車場に捨てていたから注意したの。三人とも飲んでいたようだから飲酒運転になるでしょう」

涼子が言う。彼女もまた、退職しても昔の感覚が捨てきれないようだ。

「そう、あれで少しは懲りるでしょう」

「すごく感動したわ。私もむしゃくしゃしていて、今うちの人とは別居しているので」

涼子が言い、訊くと話してくれた。

彼女の夫は公務員ではなく、一般の商社マンだが、どうも愛人がいるようなので、涼子は赤ん坊を連れて実家のあるこの町に戻っていたようだった。

3

「男なんか、誰も浮気する生き物でしょう」

平太は言った。

もっとも昭一郎は混乱の時代だったし、戦後上司の紹介で見合い結婚をし、あとは仕事が忙しくて浮気などする暇はなかった。

何度か休日に風俗へ行ってしまったことはあるが、結局、素人女性は数年前に逝った連れ合いだけだったのである。

「まあ、平太さんだっけ、あなたも浮気するの？」

「い、いえ、僕はまだ童貞で、三十歳になるまで一回も誰とも付き合ったことはないんです……」

涼子に言われ、平太は慌てて年齢相応の話し方に切り替えて答えた。

「まあ、三十歳で何も知らないなんて。風俗とかは？」

「経験ないです」

訊かれて彼は答えた。どうせ風俗へ行く金もないし、平太はキスすら知らない無垢《むく》であろうと確信していた。

「信じられないわ。そんなに強くて度胸もあるのに……」

「りょ、涼子さんが教えてくれませんか」

平太は、さっきから感じている生ぬるく甘ったるい匂いに股間を熱くさせ、思わず言ってしまっていた。

何しろ昭一郎は八十過ぎても稽古に出て、当時二十歳前後だった涼子の相手をしていたのだ。

年齢は六十歳ばかり年下で孫のようなものだが、彼女の凛然《りんぜん》とした美しさに惚れ込み、熱心に稽古をつけてやったものだ。

そして今の平太の年齢からすれば、涼子は四つ五つ上のお姉さんで、手ほどきしてもらうにはちょうど良いではないか。

「まあ、そんなストレートに求めてくるの？　他の人に積極的になればいいのに」

「いえ、カッコいい涼子さんに憧れていましたから。それに旦那だって浮気しているんだし、涼子さんだって一回ぐらい童貞に手ほどきしてくれても……」

平太は勢い込んで言いながらも、こんなこと言って大丈夫だろうかと急に心配になった。何しろ涼子にしてみれば、尊敬する大先輩の孫なのだから、あまり幻滅させてもいけないだろう。

しかし涼子も、どうやら相当に淫気を溜め込んでいたらしく、少し黙っていたが、顔を上げて答えていた。

「いいわ、誰にも内緒にして」

「本当……？」

涼子が言い、平太は目を輝かせた。

「ええ、助けてくれたし、前から憧れていたなんて言われたら嬉しいから」

涼子は言ってくれたが、実際は平太は道場にも行っていないから過去に会ったことはないのだ。

「家の人は誰も帰ってこないわね？　じゃシャワー貸して」

「いえ、どうかそのままで。女性のナマの匂いを知るのが長年の夢だったので」

平太は懇願し、彼女を押しとどめた。そして自分は、シャワーを浴びておいて良かったと思った。

「そ、そんな……」

「どうか脱いで」

言うとようやく、涼子も納得したように頷いて、ブラウスのボタンを外しはじめてくれた。平太も安心し、手早く先に脱ぎ去って全裸になり、マットレスだけのベッドに横たわった。

もちろん三十歳のペニスはピンピンに勃起している。

（平太、身体を借りるぞ）

彼は心の中で済まなげに言ったが、あのままなら平太は一生童貞だったかも知れないのだから感謝されても良いぐらいだろう。

涼子も、いったん脱ぎはじめるとためらいなく小麦色の肌を露《あら》わにさせてゆき、服の内に籠もっていた熱気が解放され、生ぬるく室内に満ちていった。

やがて彼女は背を向け、最後の一枚を脱ぐとき、白く豊満な尻がこちらに突き出され、思わず平太はゴクリと生唾を飲んだ。

ほっそり見えたが着痩《きや》せするたちなのか、それに引退してから肉づきも増してきたようだった。

やがて向き直った涼子は、胸を隠して素早く添い寝してきた。

「いいわ、童貞ならしてみたいことといっぱいあるでしょう。好きにして」

彼女が言ってくれたので、平太は甘えるように腕枕してもらい、目の前で息づく乳房に手を這わせた。

（うわ、母乳……）

すると、濃く色づいた乳首からは、ポツンと白濁の雫《しずく》が浮かび、彼は嬉々として吸い付いていった。

どうやら最初から感じていた甘い匂いは、彼女の汗ではなく母乳の匂いだったようだ。

雫を舐《な》め、さらに吸い付きながら張りのある膨らみに顔中を押し付け、もう片方にも指を這《は》わせると、

「アア……！」

涼子が、ビクッと顔を仰け反らせて熱く喘《あえ》いだ。

いくら吸ってもなかなか新たな母乳は出てこなかったが、乳首の芯を唇で強く挟んで吸うと、ようやく生ぬるく薄甘い液体が舌を濡らしてきた。

要領を得ると、どんどん吸い出すことが出来、彼は喉を潤して甘ったるい匂い

で胸を満たした。

「ああ、飲んでるの……？」

涼子はクネクネと身悶《みもだ》えながら言い、仰向けの受け身体勢になって、優しく彼の髪を撫でてくれた。

平太は左右の乳首を交互に吸っては、新鮮な母乳を飲み続けた。

やがてあまり出なくなり、乳房の張りも心なしか和《やわ》らいだので、平太は乳首から口を離し、涼子の腕を差し上げて腋《わき》の下に鼻を埋め込んだ。

すると、そこには色っぽい腋毛が煙《けぶ》っているではないか。それだけ夫との夫婦生活も疎《うと》くなり、子育てに忙しくケアする余裕もなくなっているのだろう。

平太は柔らかな感触を味わいながら、ジットリ湿って甘ったるい汗の匂いを貪った。

同じ甘い匂いでも、やはり母乳とは微妙に異なり、美女の汗は微《かす》かにレモンの匂いを加えたような芳香だった。

「あう、ダメ、くすぐったいわ……」

涼子が身悶《みもだ》えて呻き、やがて平太は引き締まった肌を舐め降りていった。

4

「く……、早く入れて……」

涼子が身を投げ出して言った。気が急《せ》くほど高まっているのだろうが、やはりシャワーも浴びていない股間を舐められるのが恥ずかしいのだろう。

もちろん平太は、性急に入れて終わるのは勿体ないので、じっくり隅々まで女体を味わうことにした。

形良い臍《へそ》を舐め回し、張り詰めた下腹に顔を埋め込んで弾力を味わい、豊満な腰のラインからムッチリした太腿をたどり、さらに脚を舐め降りていった。

丸い膝小僧を軽く嚙み、脛《すね》に降りていくとまばらな体毛があり、野趣《やしゅ》溢《あふ》れる魅力が感じられた。

舌を這わせて足首まで下り、足裏に回り込んで踵《かかと》から土踏まずを舐め、柔道で鍛えた太い指の間に鼻を押し付けた。

指の股は生ぬるい汗と脂《あぶら》にジットリ湿り、蒸れた匂いが濃厚に沁《し》み付いていた。

充分に嗅いでから爪先にしゃぶり付き、順々に指の間に舌を割り込ませて味わ

うと、

「あう、ダメよ、汚いから……」

涼子が驚いたように呻き、唾液に濡れた指先で彼の舌をキュッと挟み付けてきた。

平太は両足とも、味と匂いが薄れるまで貪《むさぼ》ると、やがて涼子の股を開かせ、脚の内側を舐め上げて顔を進めていった。

張りのある内腿を舌でたどり、股間に迫っていくと、熱気と湿り気が顔中を包み込んできた。

見るとふっくらした丘には黒々と艶のある恥毛が濃く茂り、割れ目からはみ出した陰唇はネットリとした愛液に潤っていた。

そっと指を当てて左右に広げると、花弁状に襞《ひだ》を入り組ませた膣口からは母乳に似た白濁の粘液が滲んでいた。

ポツンとした尿道口も確認でき、包皮の下からは小指の先ほどもあるクリトリスが、真珠色の光沢を放ってツンと突き立っていた。

こんなにジックリ女性器を見るのは初めてである。

「そ、そんなに見ないで……」

涼子が、股間に彼の熱い視線と息を感じて言い、ヒクヒクと白い下腹を波打たせた。

もう堪らずに、平太は吸い寄せられるようにギュッと彼女の割れ目に顔を埋め込んでいった。

柔らかな恥毛に鼻を擦りつけて嗅ぐと、隅々に籠もって蒸れた汗とオシッコの匂いが悩ましく鼻腔を刺激してきた。

彼は胸を満たしながら舌を挿《さ》し入れ、膣口の襞を掻き回した。

すると淡い酸味のヌメリで、すぐにも舌の動きが滑らかになり、さらにクリトリスまで舐め上げていくと、

「アアッ……！」

涼子が声を上げ、ビクッと反応しながら内腿でムッチリと彼の両頬を挟み付けてきた。

平太は味と匂いを貪り、チロチロとクリトリスを刺激しては、新たに溢れる愛液をすすった。

さらに涼子の両脚を浮かせ、逆ハート型の豊満な尻に迫った。

谷間にひっそり閉じられた薄桃色の蕾《つぼみ》は、出産で息んだ名残かレモンの先のよ

うに僅《わず》かに突き出た感じで、何とも艶めかしい形をしていた。

鼻を埋め込むと、顔中に弾力ある双丘が密着し、蕾に籠もる蒸れた微香が悩ましく鼻腔を刺激してきた。

彼は人妻の匂いを貪り、舌先でチロチロと蕾を舐めて濡らし、ヌルッと潜り込ませて滑らかな粘膜を探った。

「あう、ダメ、そんなところ……」

涼子が驚いたように呻き、キュッと肛門で舌先を締め付けてきた。

平太は舌を蠢かせて粘膜を味わい、ようやく脚を下ろすと再び割れ目に舌を這わせ、大量に溢れる愛液をすすってクリトリスに吸い付いた。

「も、もうダメ、変になりそう……」

涼子が身を起こして言い、彼の顔を股間から追い出した。

平太も素直に移動して横になると、今度は涼子が上から彼の股間に顔を寄せてきたのである。

「太くて大きいわ……」

熱い視線を注いで呟き、やんわりと幹に指を添えると、粘液の滲む尿道口にチロチロと舌を這わせてくれたのだ。

「ああ……」

平太は快感に喘いだ。

もちろん経験が無いではないが、この無垢な肉体はあまりに敏感だった。

涼子は張り詰めた亀頭にもしゃぶり付き、そのままスッポリと根元まで吞み込んでいった。先端がヌルッとした喉の奥に触れ、彼女は口を丸く締め付けて吸い、熱い息を股間に籠もらせた。

口の中ではクチュクチュと舌がからみつき、たちまち無垢なペニスは美女の生温かく清らかな唾液にどっぷりと浸った。

「き、気持ちいい……」

平太が快感に任せ、ズンズンと股間を突き上げはじめると、

「ンン……」

喉の奥を突かれた涼子が小さく呻き、会わせて顔を上下させ、濡れた口でスポスポと強烈な摩擦を繰り返してくれたのだ。

「い、いきそう……、待って……」

急激に絶頂を迫らせた平太が口走ると、すぐに涼子も、チュパッと口を引き離してくれた。やはり口に受け止めるより、彼女も一つになりたいのだろう。

「もういいでしょう。入れても」

「ええ、上から跨《また》いで入れて下さい……」

「私が上？」

言うと、涼子が答え、身を起こして前進してきた。

そしてペニスに跨がると、自らの唾液に濡れた先端に割れ目を押し当ててきた。

そして位置を定めると息を詰め、無垢なペニスを味わうようにゆっくり腰を沈み込ませていった。

張り詰めた亀頭が潜り込むと、あとは重みとヌメリでヌルヌルッと滑らかに根元まで吸い込まれ、彼女も完全に座り込んで股間を密着させた。

「アア……、いい……」

涼子が顔を仰け反らせて喘ぎ、キュッキュッときつく締め上げてきた。

平太も、肉襞の摩擦と締め付け、熱いほどの温もりと大量の潤いに包まれながら、懸命に肛門を締め付けて暴発を堪えた。

やはり、少しでも長く味わいたいのだ。

涼子がグリグリと股間を擦り付けると、コリコリする恥骨の膨らみも伝わってきた。

そして彼女が身を重ねてくると、平太も下から両手を回してしがみつき、僅かに両膝を立てて豊満な尻を支えた。

5

「す、すぐいきそうよ……」

涼子が肌を密着させて囁《ささや》き、そのまま上からピッタリと唇を重ねてきた。

互いの肝心な部分を舐め合って繋がった、最後の最後だが、平太の肉体ではこれが記念すべきファーストキスだろう。

彼は柔らかな感触と唾液の湿り気を味わいながら、ヌルッと潜り込んできた涼子の舌を舐め回した。

美女の舌は生温かな唾液にまみれて滑らかに蠢き、平太は注がれるヌメリをすすって喉を潤した。

そして涼子が腰を動かしてきたので、平太も下からズンズンと股間を突き上げた。

「ンンッ……！」

彼女が熱く鼻を鳴らし、やがて息苦しくなったように口を離して顔を上げた。

見ると、また彼女の乳首に母乳の雫が浮かんでいた。

「ね、顔に垂らして……」

言うと涼子も胸を突き出し、自ら乳首をつまんでポタポタと滴らせてくれた。

それを舌に受け止めると、さらに無数の乳腺から霧状になった母乳が生ぬるく顔中に降りかかってきた。

「アア……」

平太が喘ぎながら突き上げを強めると、大量の愛液が溢れて陰嚢を濡らし、さらに彼の肛門にまで生温かく伝い流れてきた。

すると、すっかり高まった涼子が顔を寄せ、母乳でヌルヌルになった彼の顔中に舌を這わせてきたのだ。

花粉のような甘い刺激を含んだ吐息と、ほのかな唾液の匂いが混じって鼻腔を搔き回し、彼はたちまち摩擦快感の中で昇り詰めてしまった。

「い、いく……！」

口走りながら、大きな絶頂の快感を全身で受け止めた。同時に、熱い大量のザーメンがドクンドクンと勢いよくほとばしり、柔肉の奥深い部分を直撃した。

「あ、熱いわ、いく……、アアーッ！」

噴出を感じた途端、涼子もオルガスムスのスイッチが入ったように声を上ずらせ、ガクガクと狂おしい痙攣《けいれん》を開始した。

膣内の収縮も高まり、彼自身は摩擦と締め付けで揉みくちゃにされながら、心置きなく最後の一滴まで出し尽くしてしまった。

すっかり満足しながら徐々に突き上げを弱めていくと、

「ああ……、すごい……」

涼子も声を洩《も》らし、肌の強ばりを解きながら、グッタリと力を抜いて彼にもたれかかってきた。

まだ膣内は、キュッキュッと名残惜しげな締め付けを繰り返し、刺激されたペニスがヒクヒクと過敏に跳ね上がった。

「あう、もう暴れないで……」

涼子も絶頂の直後で、相当に敏感になっているように呻き、幹の震えを抑えつけるようにキュッときつく締め上げてきた。

平太は美女の重みと温もりを受け止め、涼子の口から吐き出される熱く湿り気ある息を嗅ぎ、悩ましい花粉臭に鼻腔を刺激されながら、うっとりと快感の余韻に浸り込んでいったのだった。

しばし重なったまま、涼子は荒い息遣いを繰り返し、思い出したようにビクッと肌を震わせていたが、ようやくそろそろと身を起こして股間を引き離すと、ゴロリと横になっていった。

「とうとう、デカ長のお孫さんの童貞を奪ってしまったわ。でも、童貞なんて初めてだけど、今までで一番気持ち良かったわ……」

涼子が呼吸を整えながら言い、枕元にあったティッシュを手にして、自分で割れ目を拭《ぬぐ》った。

そして、まだ興奮が覚めやらぬように、仰向けになっている彼の乳首にチュッと吸い付き、熱い息で肌をくすぐりながらチロチロと舐め回してくれた。

「あう……」

平太は刺激に呻き、萎《な》える暇もなく、またすぐにもムクムクと回復してきてしまった。

この分なら続けて出来そうで、さすがに九十四歳と違い、六十いくつも若い肉体というのはすごいものだと思った。

「嚙んで……」

さらに刺激を求めて言うと、涼子も綺麗で頑丈そうな歯並びでキュッと乳首を嚙んでくれた。

「ああ、気持ちいい、もっと強く……」

平太が身悶《みもだ》えて言うと涼子ものしかかり、彼の左右の乳首を交互に舌と歯で愛撫してくれた。

すると果てたばかりのペニスは、あっという間に元の硬さと大きさを取り戻し、もう一回射精しなければ治まらないほど高まってしまったのだった。

「まあ、もうこんなに……」

ペニスの回復に気づいた涼子が、驚いたように言った。

「もう入れるのは堪忍して。またいくと帰れなくなっちゃうから」

彼女が囁くと、

「じゃ、指でして……」

平太は甘えるように再び腕枕してもらい、乳首に吸い付いた。

涼子もやんわりとペニスを手のひらに包み込み、ニギニギと動かしながら、新たな母乳を分泌させた。

平太は生ぬるい母乳で喉を潤し、美女の甘ったるい体臭に包まれながらジワジワと高まっていった。

やがて両の乳首からの母乳が、あまり出なくなると、彼は涼子の唇を求めた。

「唾も飲ませて……」

恥ずかしい要求にヒクヒクと幹を震わせながらせがむと、涼子も、喘ぎすぎて乾き気味の口中に懸命に唾液を分泌させ、形良い唇をすぼめて迫った。

そして口に溜まった、白っぽく小泡の多い唾液をトロトロと吐き出してくれたのだ。

平太は舌に受け、うっとりと味わいながら喉を潤した。

「何でも飲むのが好きなのね」

涼子は言い、なおもペニスへの愛撫を続けてくれた。

さらに平太は、彼女の口に鼻を押し込み、花粉臭の吐息を胸いっぱいに嗅いだ。

かつて柔道の稽古中も涼子の息は嗅いだことがあるが、さすがに稽古の時は涼子もケアしてほとんど無臭だった。しかし今はリアルな主婦ということで悩ましい匂いが濃く、その刺激が鼻腔から直にペニスに伝わってくるようだった。

やがて平太は、美女の指の愛撫と吐息の匂いで絶頂を迫らせていった。

6

「じゃ、私のお口に出す？」

平太が身悶えて喘ぐと、涼子がペニスから指を離して言った。

「ほ、本当……？」

「ええ、いっぱいミルク飲んでくれたから、今度は私に飲ませて」

涼子が言い、彼はその言葉だけで危うく漏らしそうになってしまった。

口内発射で、しかも飲んでもらうなど、女房にも風俗嬢にもしてもらったことはないのである。

すると涼子が身を起こして移動し、大股開きにさせた彼の股間に腹這いになり、綺麗な顔を迫らせてきた。

「出したばかりだから、なるべく我慢した方が気持ちいいわ。じゃ先にここからね。私もしてもらったから」

涼子が言うなり、平太の両脚を浮かせて尻の谷間に舌を這わせてきたのだ。

「い、いきそう……」

「あう……！」

平太は妖しい快感に呻いた。

「ずるいわ。自分だけシャワーを浴びていたのね」

涼子が詰《なじ》るように言い、再びチロチロと舐め回して襞を濡らし、自分がされたようにヌルッと潜り込ませてきた。

「く……！」

平太は初めての感覚に呻き、美女の舌を味わうようにモグモグと肛門で締め付けた。

涼子の熱い鼻息が陰嚢をくすぐり、内部で舌が蠢くたび、内側から刺激されたように勃起したペニスがヒクヒクと上下した。

ようやく脚が下ろされると、涼子はそのまま陰嚢を舐め回し、二つの睾丸を舌で転がし、生温かな唾液で袋全体をまみれさせた。

「アア……」

陰嚢も以外に感じる場所で、平太は新鮮な快感に喘いだ。

すると涼子が身を乗り出し、いよいよペニスに向かったが、まず胸を突き出して乳房と乳首を擦り付け、谷間に幹を挟んで両側から揉んでくれた。

「あう、気持ちいい……」

これも新鮮な感覚で、肌の温もりと膨らみの柔らかさが素晴らしかった。

そして俯《うつむ》くと舌を伸ばし、まだ愛液とザーメンに濡れているのも構わず、チロチロと尿道口を舐めてくれた。

乳房を離してパイズリを終えると、いよいよ本格的に亀頭にしゃぶり付いた。

さらに丸く開いた口にスッポリと呑み込み、股間に熱い息を籠もらせて吸い付き、クチュクチュと舌をからめてきた。

「ああ……、涼子さんも、こっちを跨いで」

言うと、涼子はペニスを含んだまま身を反転させ、女上位のシックスナインで彼の顔に跨がってくれた。

真下から割れ目を見上げ、潜り込んで恥毛に籠もった匂いを貪り、クリトリスにチロチロと舌を這わせると、

「ああ、ダメ、集中できないわ……」

涼子が口を離して言うので、

「じゃ見るだけにするね」

平太は答えた。すると彼女は見られる羞恥《しゅうち》に内腿を震わせながら、再びスッポ

リと肉棒を呑み込んだ。

平太が快感に任せ、ズンズンと小刻みに股間を突き上げはじめると、

「ンン……」

涼子も熱い鼻息で陰嚢をくすぐりながら呻き、顔を上下させてスポスポと強烈な摩擦を開始してくれた。

高まりながら見上げると、割れ目内部から白っぽい粘液が溢れてきた。まだ中に残っているザーメンが逆流したか、涼子の愛液か分からないが、彼女も濃厚なフェラをしながら再び興奮を高めているのだろう。

(本当に、このまま出していいんだろうか)

平太は絶頂を迫らせながら思ったが、彼女は強烈な摩擦を続行している。

それに彼も、美女の口を汚すという禁断の快楽は魅力だった。

だから我慢するのを止め、下から割れ目の息づきと、ピンクの肛門の収縮を見上げながら、唇と舌の感触の中、とうとう二度目の絶頂を迎えてしまった。

「い、いく……、アアッ……!」

溶けてしまいそうな快感に喘ぎ、平太は股間を突き上げながら、ドクンドクンとありったけのザーメンをほとばしらせた。

「ク……」

喉の奥に噴出を受けた涼子は、噎《む》せそうになって小さく呻きながら、なおも強烈摩擦と吸引、舌の蠢きを続けてくれた。

美女の清潔な口に射精するというのは、何という快感であろうか。

平太は、まるで彼女の口とセックスするように股間を突き上げながら、心ゆくまで快感を嚙み締め、最後の一滴まで出し尽くしていった。

「ああ……」

すっかり気が済んで声を洩らし、彼がグッタリと四肢を投げ出すと、涼子も唇と舌の蠢きを止め、亀頭を含んだまま口に溜まったザーメンをゴクリと飲み干してくれた。

「あう……」

喉が鳴ると同時に口腔がキュッと締まり、彼は駄目押しの快感に呻いた。

そして自分の生きた精子が、美女の胃の中で溶けて吸収され、栄養にされることに言いようのない満足を覚えた。

全て飲み込むと、ようやく涼子がスポンと口を引き離し、なおも余りを絞るように幹を指でしごいた。

そして尿道口に脹らむ白濁の雫まで丁寧に舐め取ると、

「も、もういい……、有難う……」

平太は声を絞り出し、幹を過敏にヒクヒクさせながら降参するように腰をよじった。

すると涼子も舌を引っ込め、彼の顔から股間を引き離して向き直ると、再び添い寝してくれた。

「二回目なのに、すごくいっぱい出たわ。それに若いから、さすがに濃いのね」

涼子が淫らに舌なめずりして囁いた。

彼女の吐き出す息にザーメンの生臭さは残っておらず、さっきと同じかぐわしい花粉臭の刺激が含まれていた。

平太はまた腕枕してもらい、美女の温もりと匂いに包まれながら、うっとりと快感の余韻を味わったのだった。

7

「ラインを交換したいのだけど」

階下でシャワーを浴びてきた涼子が、二階に戻って身繕《みづくろ》いしながら平太に言った。

「ラ、ライン……？　何のことだか」

「まあ、そこにスマホがあるじゃない。見てもいいかしら」

平太が戸惑うと、涼子は机の上にあった携帯電話を手にして開いた。

「ほら、何人かとラインしているわ。全部男だけど。私の名も入れておくわね」

涼子は言い、何やら操作してセットを完了し、平太も連絡の仕方を教えてもらった。

「うん、何やら分からないけど、頑張ってみるので」

「持っているのに使えないの？」

「うん、先日階段から落ちて頭を打ったから、どうも細かな作業を忘れていて」

「まあ、お父さんが医者だから診てもらうといいわ」

涼子は言い、やがて帰るというので平太も一緒に階下へと降り、駐車場まで見送りに行った。

「じゃ、また連絡するわね」

「うん、気をつけて」

平太が答えると、涼子は頷いて走り去っていった。

見えなくなるまで見送ってから、また家に入ろうとすると、医院の窓が開いて白衣姿の忠男と良枝が顔を出した。

「平太。今の車は？　誰か来ていたのか？」

「ええ、元刑事さんが見舞いたいと言うので、爺ちゃんの寝顔だけ見てすぐ帰りました」

平太が忠男に答えると、

「ね、やっぱり変でしょう？」

と良枝が忠男に言った。

「うん、どうかしたのか、平太。なんか様子が違うが」

忠男が言い、平太も自分の息子に対し、どう答えて良いか分からないまま思いつくことを言った。

「うん、さっき階段から落ちたら、急に引き籠もっているのが嫌になって」

「頭でも打ったか。診てやろう」

「いえ、いいです。少し部屋で行く末を考えますので」

平太は両親に一礼し、呆然としている二人をあとに母屋へと戻っていった。

そして離れへ行き、昏睡している自分の肉体を見た。

昭一郎の中にいる本当の平太は、まだ能天気に眠ったままのようだ。それでも呼吸も顔色も異常はないようなので、平太も離れを出て和室に入った。

そして仏壇に向かって線香に火を点け、亡き妻に手を合わせた。

風俗嬢ではなく、初めて素人の女性とセックスしてしまった詫《わ》びのような意味合いだったが、まあ実際にしたのは平太の肉体なのである。

タバコが吸いたかったが、正太も忠男も吸わないので、家の中には一本もない。仕方なく諦めて、また二階の部屋に行った。

そして涼子に教わったスマホとやらをいじっていると、名簿の下の方に、涼子の他に一人だけ女性の名があった。

「大野利香《おおのりか》、どこかで聞いた名前だな」

平太は呟きながら、履歴の会話を見てみると、短い遣り取りだが、写真付きで平太が一緒に都内のイベントに行ったときの様子や礼が書かれていた。

「そうか、思い出した」

平太は、利香の顔を見てはっきりと思い出した。

まだ数年前、昭一郎が寝たきりになる前のこと、平太が自転車に乗っているとき車に轢《ひ》かれそうになった。接触はしなかったが転倒し、近所だったのでうちの医院に平太が担ぎ込まれていたのだ。

運転していたのは大野恵利子《えりこ》で、同乗していた利香は彼女の娘。母娘はたいそう恐縮して、何度となく平太の見舞いに来ていたものだった。

「そのときに平太は親しくなっていたのか。利香も、もう十八歳ぐらいだろう」

彼は思い、それでも二人の履歴から、まだ関係が深いとは思えなかった。イベントは、何やらゲーム関係のものらしい。

「平太は、一回りも歳下の少女に懸想《けそう》しておったか。では儂が続きの願いを叶えてやるとするか」

彼はスマホをいじり、文字を打つのは無理だから、思い切って電話マークのボタンを押してみた。

耳を当てて待っていると、すぐに利香本人が出た。

「はい、利香ですが、神成さん、どうしました？」

名乗らなくても、すぐ平太からと分かった利香が言った。

「あ、平太です。実は今朝階段から落ちて頭を打ってしまって」

「まあ、大丈夫ですか……」

可憐《かれん》な声が、心配そうに響いてきた。当時から性格の良い子だったから、本気で平太の身を案じているようだ。

「うん、怪我は何ともないのだけど、スマホやパソコンの操作を全部忘れてしまったので、一度来て教授してくれると有難いのだけど、他に頼める人がいなくて……」

ダメ元で言ってみた。

多少なりとも好感を持ってくれていれば来てくれるかも知れないし、素っ気なければ諦めるだけである。

すると利香が即答してくれた。

「分かりました。明日でもいいですよ。お宅へ伺えばいいですね？」

「うん、午後一時過ぎだと有難いんだけど」

「ええ、明日は大学の講義も昼までだから」

利香が答え、やがて電話を切った。

午後一時なら、忠男も良枝も夕方まで母屋に戻ってくることはない。

（何だ、平太。なかなか好感触ではないか）

平太の中の昭一郎は思った。

利香の口調からすると、もう母親が彼を轢きそうになった済まなさなどは微塵《みじん》も残っておらず、純粋に好感を持ってくれているようだ。

余程ゲーム関係で話が合い、イベントも楽しかったのだろう。

それなのに平太はモタモタとして引き籠もり、なかなか利香をデートに誘い出す行動を起こしていなかったようだ。

確か大野家も同じ町にあるはずなのに、思うばかりで平太は何もせず、イベントに誘うのが精一杯だったのだろう。

とにかく平太は明日を楽しみにし、他に何か情報は無いか彼の机の中などを調べたが、文房具と玩具などが雑然としているだけであった。

雑誌の中にはエロ関係もあるが、少女も熟女も取り留めがなく、要するに女性なら誰でも良いと言った感じらしい。

それでも利香に対してだけは、何とかもっと親しくなれないかという思いがあるようだった。

平太は、室内を調べ尽くすと、また夕方まで熱烈に腕立て伏せと腹筋運動をした。

「いやあ、若いというのは良い！」

若いといっても、もう三十歳の肉体なのだが、九十四歳の昭一郎からすれば夢のようであった。

とにかく彼は、この肉体を使い、出来る限り楽しんでやろうと思ったのだった。

第二話　処女の熱き好奇心

1

「これがリターンキー、これを押すと、ほら、確定できるから」

利香が、キーボードに向かっている平太の肩越しに言った。

大野利香は大学一年生だが、三月生まれなのでまだ十八歳。女子高出身で今も女子大だから、恐らく処女であろうと平太は思った。

それほど見た目も、利香は可憐で愛くるしかった。

今日、彼女は平太のパソコンの教授に来てくれたのだ。

平太の肉体は三十歳だが心の中は昭一郎という九十四歳の老人で、平太の祖父である。

昭一郎の肉体は、階下の離れで昏睡しており、平太の魂も彼の中で一緒に呑気に眠っている。

とにかく昭一郎は、孫の肉体を借りて平太に成りすましていたのだった。

ただ昭一郎も、寝たきりになる前までは新しい物好きでパソコンをいじったこともあるため、利香の教授により覚えも早かった。

だが平太のパソコンの中身は、ＳＮＳやオタクっぽい掲示板ばかりで、話題もゲームの話ばかりだった。

それよりも平太は、肩越しに教えてくれる美少女の、甘酸っぱい吐息を感じてすっかり股間が熱くなっていたのである。

実際の平太は九十四歳だから、実に年齢差は七十六の六回り以上年下で、曾孫のようなものである。

それでも平太の若いペニスはムクムクと痛いほど突っ張り、利香の吐息ばかりでなく、たまに背に触れてくる無垢な乳房の膨らみも実に心地よかった。

「ああ、大体わかったよ。あとは一人でいじれば何とかなりそうだ。どうも有難う」

「ええ、やっているうちに分かると思います」

言うと利香も答え、離れてベッドの端に腰を下ろした。

「利香ちゃんは、もう大学で彼氏は出来たのかな？」

「ううん、覚えることが多いので、まだ全然です」

利香が笑窪《えくぼ》を浮かべ、はにかんで答えた。

「そう、真面目で結構。学業第一だからね」

「何か、お年寄りと話しているみたいだわ。平太さんこそ、私より一回りも上なのに、まだ彼女できないんですか？」

実際の心は、一回り以上遙かに上なのだ。

「うん、まだだけど利香ちゃんみたいな子が好きなんだ」

「まあ、私なんか子供で物足りないだろうって、女子大のお友達がみんな言うんですよ」

「そんなことないよ。天使のように可愛いしお母さんも綺麗だし、良い子に育ってご先祖も喜んでいるだろう、いや、また古いことを言ってしまったか」

平太が言うと、利香がクスリと肩をすくめて笑った。

「でも私、早く体験してみたいんです」

「体験とは……」

「セックスです。もう大学生なのに、まだキスも知らない処女なんて恥ずかしいから」

「そ、そんなふしだらで破廉恥《はれんち》なことを言うもんじゃないよ……、あ、いや」

「ふふ、私、平太さんに教わりたいと思ったこともあるけど、平太さんもまだ何も知らないんじゃないかな。知らない同士じゃ困るわよね」

利香が屈託なく無邪気な眼差しで言い、平太は激しく胸を高鳴らせた。

「ぼ、僕は童貞じゃないよ。もう九十、いや三十にもなっているんだから、体験の一つや二つ」

「本当？　風俗ですか？」

利香がストレートに訊いてきた。

「いや、素人の人妻に教わったんだよ」

「わあ、じゃもう体験者なんですね。覚えたこと、私に教えてくれますか」

利香の方から言ってくれ、平太は歓喜に震えながら、彼女が簡単に他の男にさせなくて良かったと思った。

それにしても正直に言葉に出す子だが、これが現代っ子というものなのかも知れない。

何しろ平太にしてみれば、昭和は遠く、平成も済んで令和になっているのである。

「じゃ、パソコン教わったお礼に、男女のことを教えようか。本当に僕で嫌でなければ」

平太は言い、元刑事として十代の子などとセックスして良いものだろうかと思ったが、もう大学生なのだから構わないだろうと意を決した。

もちろん、こうした幸運な成り行きを期待した平太は、昼食後には念入りに歯磨きとシャワーを済ませている。

「じゃお願いしようかな……」

「本当？　じゃ途中で嫌だったら遠慮なく言うんだよ」

「平気です」

「じゃ脱いで寝て」

平太は言い、自分も服を脱ぎはじめた。

「あの、シャワー借りたいんですけど。ゆうべ入浴したきりで、今日も動き回ったから」

「うわ、その方がいい。いや、もう待てないんだ」

平太が勢い込んで言い、彼女のブラウスのボタンに手をかけると、

「大丈夫かなあ……」

利香が言い、やがて自分から脱ぎはじめてくれた。

平太も、目眩《めまい》を起こしそうなほどの期待と興奮の中で全裸になると、やがて利香もためらいなく脱いでいった。

たちまち室内に、思春期の甘ったるい体臭が生ぬるく籠《こ》もり、やがて彼女は最後の一枚を脱ぎ去り、一糸《いっし》まとわぬ姿になってベッドに横たわった。

「わあ、可愛い……」

仰向けになった美少女を見下ろし、平太は歓声を上げながら覆いかぶさっていった。

胸で息づく膨らみは何とも形良く、乳首も乳輪も清らかで初々《ういうい》しい桜色だ。

平太は吸い寄せられるように顔を埋め込み、チュッと乳首に吸い付いて舌で転がし、顔中を膨らみに押し付けて感触を味わった。

美少女の乳房は、柔らかさの中にもまだ硬い弾力が秘められ、空気パンパンのゴムまりのようだ。

「ああン……」

利香がビクッと顔を仰け反らせて喘ぎ、胸元や腋から甘ったるい汗の匂いが漂った。

平太が夢中になって吸うと、

「い、痛いわ……」

利香がか細く言ったので、強い刺激は良くないだろうとソフトな吸い方にした。

もう片方の乳首も含んで舐め回し、充分に味わってから、平太は利香の腕を差し上げ、ジットリ湿った腋の下にも鼻を埋め込んで無垢な体臭を貪った。

2

「あう、くすぐったいわ……」

平太が腋の下に舌を這わせると、利香がクネクネと身をよじって呻いた。

彼は生ぬるく甘ったるい汗の匂いで、うっとりと鼻腔を満たしてから、無垢で滑らかな肌を舐め降りていった。

脇腹から腹の真ん中に移動し、愛らしい縦長の臍を舌で探り、張り詰めた下腹にも顔を押し付けて心地よい弾力を味わった。

もちろん肝心な股間は最後に取っておき、平太は腰からムッチリと健康的な張りを持つ太腿に降りていった。

さらにスベスベの脚を舐め降り、足首まで行って足裏へと回り込み、踵から土踏まずを舐め、縮こまった指先に鼻を割り込ませて嗅いだ。

そこはやはり汗と脂にジットリ湿り、ムレムレの匂いが濃厚に沁み付いていた。

（ああ、女の子の足の匂い……）

平太は蒸れた匂いを貪り、鼻腔を刺激されながら爪先にしゃぶり付いた。順々に全ての指の股に舌を潜り込ませて味わうと、

「あう、ダメ……」

また利香が、くすぐったそうに言って腰をよじった。

構わず彼は両足とも味と匂いを貪り尽くすと、ようやく顔を上げて利香をうつ伏せにさせた。

彼女も素直にゴロリと寝返りを打つと、平太は踵からアキレス腱、脹《ふく》ら脛《はぎ》から汗ばんだヒカガミに舌を這わせていった。

やはり無垢な肉体は隅々まで味わいたかったのだ。

さらに太腿から尻の丸みをたどり、腰から背中を舐め上げると淡い汗の味がした。

「く……」

利香が顔を伏せて呻き、背中もかなりくすぐったく感じるようだった。

平太は肩まで行き、陽射しを含んだようにふんわりした髪に鼻を埋め、リンスの香りに混じった、まだ乳臭い匂いを貪った。

しなやかな髪を掻《か》き分け、耳の裏側の湿り気を嗅いで舐め、再び背中を舐め降りて尻に戻っていった。

うつ伏せのまま股を開かせ、腹這いになって大きな水蜜桃のような尻に迫り、指で谷間を広げると、奥には薄桃色の可憐な蕾がひっそり閉じられていた。

誰も知らない部分に、こんなにも美しい蕾があるのだ。

平太が鼻を埋め込むと、顔中に弾力ある双丘が密着した。

嗅ぐと蒸れた匂いが鼻腔を刺激し、彼は充分に胸を満たしてから舌を這わせ、細かな襞を濡らしてヌルッと潜り込ませた。

「あう」

また利香が呻き、キュッと肛門で舌先を締め付けてきた。

平太は内部で舌を蠢かせ、滑らかな粘膜を味わうと、

「そ、そこダメ、変な気持ち……」

利香が言って腰をくねらせ、とうとう刺激を避けるように再びゴロリと寝返りを打ってしまった。

平太は彼女の片方の脚をくぐり、仰向けになった利香の股間に顔を寄せた。

見ると、ぷっくりした丘には楚々《そそ》とした恥毛がほんのひとつまみほど煙り、丸みを帯びた割れ目からはピンクの花びらがはみ出し、僅かに潤っていた。

そっと指を当てて左右に広げると、無垢な膣口が襞を震わせて息づいていた。

何と綺麗で清らかな眺めであろう。

ポツンとした小さな尿道口もはっきり確認でき、包皮の下からは人妻の涼子より小粒のクリトリスが顔を覗かせていた。

「あう、恥ずかしいわ……」

股間に平太の熱い視線と吐息を感じた利香が呻くと、もう堪らず彼は顔を埋め込んでいった。

柔らかな和毛《にこげ》に鼻を擦りつけて嗅ぐと、汗とオシッコの匂いが蒸れて籠もり、それに処女特有の恥垢だろうか、淡いチーズ臭も混じって鼻腔を刺激してきた。

平太は無垢な匂いを貪り、舌を這わせはじめた。

小振りの陰唇の中に差し入れ、処女の膣口をクチュクチュ掻き回すと、淡い酸味のヌメリが舌の動きを滑らかにさせた。

味わいながらクリトリスまで舐め上げていくと、

「アアッ……！」

利香がビクッと反応して喘ぎ、内腿でムッチリときつく彼の両頬を挟み付けてきた。

平太がチロチロとクリトリスを小刻みに舐めると、さらに蜜の分泌が活発になり、彼は執拗にすすって味わった。

「も、もうダメ、いきそう……」

利香が口走ったので、どうやらオナニーぐらいはして、クリトリスによる絶頂は知っているようだった。

あまりに激しく腰をくねらせるので、ようやく平太も彼女の股間から這い出して添い寝した。

そして利香の手を握ってペニスに導くと、彼女も手探りで触れ、生温かく汗ばんだ手のひらに包み込んで、感触を確かめるようにニギニギと動かしてくれた。

「ああ、気持ちいい……」

平太は快感に喘ぎながら、彼女の顔を股間へと押しやってみた。

すると利香も素直に顔を移動させ、大股開きになった彼の股間に腹這い、顔を寄せてきたのだった。

無垢な視線を股間に受けるというのも、実に胸が高鳴るものだった。

「変な形。こうなっているのね……」

利香が物怖じせず、好奇心いっぱいに熱い視線を注いで言った。

そして幹を撫で、張り詰めた亀頭をいじり、陰嚢まで触れて睾丸を確認すると、袋をつまみ上げて肛門の方まで覗き込んだ。

「入れていいなら、少しでいいから舐めて濡らして」

「ええ」

言うと利香も答え、顔を進めて肉棒の裏側を舐め上げてきた。

無垢で滑らかな舌が裏筋を這い上がり、先端に達すると幹に指を添え、粘液が滲《にじ》んでいるのも厭《いと》わず、チロチロと尿道口を舐め回してくれた。

そして張り詰めた亀頭を頬張り、熱い息を股間に籠もらせながら吸い付き、ネットリと舌をからめてきた。

「ああ、気持ちいい……」

平太は快感に喘ぎ、美少女の温かく濡れた口の中で、清らかな唾液にまみれたペニスをヒクヒク震わせた。

「ンン……」

利香も笑窪を浮かばせ、先端が喉の奥に触れるほど深く呑み込んで呻き、充分に唾液に濡らしてくれたのだった。

3

「じゃ、入れてもいいかな」

利香が口を離し、覚悟を決めたように仰向けになったので、平太も身を起こしながら言った。

「ええ、して下さい……」

利香も、すっかり覚悟を決めて答えた。

「コンドームがないのだけど」

「先輩にもらったピルを飲んでるから大丈夫です」

言うと、利香が答えた。もちろん避妊のためではなく、生理不順の解消のため服用しているのだろう。

ならばと安心して、平太は利香の脚を開かせ、股間を進めていった。

唾液に濡れた先端を割れ目に擦り付け、位置を定めると、彼女も身構えるように息を吸い込んで止めた。

グイッと股間を進めると、張り詰めた亀頭が潜り込み、処女膜が丸く押し広がる感触が伝わってきた。

さすがに子持ちの涼子より狭いが、何しろ潤いが充分なので、あとはヌルヌルッと滑らかに根元まで嵌まり込んでいった。

「あう……！」

利香が眉をひそめて呻いたが、もちろん拒みはしなかった。

平太も、肉襞の摩擦と締め付け、熱いほどの温もりと大量の潤いを感じながら股間を密着させ、可憐な処女を征服した感激と悦びに包まれた。

まだ動かず、両脚を伸ばして身を重ねていくと、利香も下から両手を回してしがみついてきた。

胸の下で乳房が押し潰れて弾み、恥毛が擦れ合い、コリコリする恥骨の膨らみも伝わってきた。

上からピッタリと唇を重ねると、ほのかな唾液の湿り気とともに、柔らかなグミ感覚の弾力が感じられた。

舌を挿し入れて滑らかな歯並びを左右にたどると、利香も歯を開いて侵入を受け入れてくれた。

生温かな唾液に濡れた舌を舐め回すと、何とも心地よく滑らかな感触が伝わった。

ネットリと舌をからめると、

「ンン……」

利香も小さく呻き、チュッと彼の舌に吸い付いてきた。

堪らず様子を見ながら小刻みに腰を突き動かしはじめると、

「ああッ……！」

利香が口を離して顔を仰《の》け反らせ、熱く喘ぎながらきつく締め付けてきた。

口から洩れる息は熱く湿り気を含み、何とも可愛らしく甘酸っぱい果実臭がして、彼の鼻腔を悩ましく掻き回した。

何しろ潤いが充分だから、動いているうちすぐにもヌラヌラと滑らかになって、彼女も破瓜の痛みが麻痺《まひ》したように身を投げ出していた。

初回だから利香がオルガスムスを得るはずもなく、平太は長引かせず我慢するのをやめて快感を受け止めた。

律動するうち互いの接点からピチャクチャと淫《みだ》らに湿った摩擦音が聞こえると、彼も興奮を高め、気遣いも忘れて股間をぶつけるほど激しく動いてしまった。

さらに美少女の喘ぐ口に鼻を押し付け、甘酸っぱい吐息を胸いっぱいに嗅ぐと、もう堪らず昇り詰めてしまった。

「い、いく……！」

突き上がる大きな絶頂の快感に口走り、彼は熱い大量のザーメンをドクンドクンと勢いよく中にほとばしらせた。

「アア……！」

利香が噴出を感じたように声を洩らし、さらにキュッキュッと収縮を活発にさせた。

平太は心ゆくまで夢のような快感を噛み締め、最後の一滴まで出し尽くしていった。

中に満ちるザーメンで、さらに動きがヌラヌラと滑らかになった。

そして、すっかり満足しながら徐々に動きを弱めていくと、いつしか利香も肌の硬直を解いてグッタリとなっていた。

まだ膣内は異物を確かめるような収縮が続き、射精直後のペニスが刺激されてヒクヒクと過敏に震えた。

そして平太は完全に動きを止めてのしかかり、美少女のかぐわしい吐息を間近に嗅ぎながら、うっとりと快感の余韻を味わったのだった。

「大丈夫？」

気遣って囁くと、利香が小さくうなずいた。ようやく平太は身を起こし、枕元のティッシュを取りながら、そろそろとペニスを引き抜いていった。

手早くペニスを拭き清めながら、利香の股間を覗き込むと、陰唇が痛々しくめくれ、膣口から逆流するザーメンに、うっすらと鮮血が混じっていた。

それでも大した量ではなく、すでに止まっているようだ。

平太は割れ目を優しく拭ってやり、名残惜《なごりお》しげに恥毛に鼻を埋め、処女でなくなったばかりの匂いを貪った。

するとが利香がノロノロと身を起こし、

「シャワーを浴びたいわ……」

と言うので支えながらベッドから下ろし、互いに全裸のまま部屋を出て階段を下りた。

そしてバスルームに行って湯を出し、シャワーで互いの全身を洗い流した。

汗を落とし、股間を洗うとようやく利香もほっとしたように椅子に座り込んだ。

「痛かった？」

「ええ、でも最初は痛いって聞いていたけど、それほどでもなかったです。それより、大人になれて嬉しい……」

利香が答え、後悔していない様子なので平太も安心したのだった。

すると、湯に濡れた肌を見ているうちに平太は、たちまちムクムクと回復してきてしまった。

「ね、ここに立って」

彼は床に座ったまま言い、目の前に利香を立たせ、片方の足を浮かせてバスタブのふちに乗せさせた。

そして開いた股間に顔を埋め、

「オシッコ出してみて」

恥ずかしいのを堪えて言ってしまった。

「ええッ？　どうして……」

「天使も、オシッコするのかどうか知りたいから」

「顔にかかるわ……」

「利香ちゃんから出るものなら汚くないからね、少しでもいいからしてみて」

平太は言い、洗って匂いの薄れてしまった恥毛に鼻を擦りつけ、割れ目に舌を入れて舐め回した。

すると、すぐにも新たな愛液が湧き出して舌の動きがヌラヌラと滑らかになった。

4

「い、いいの？　本当に出ちゃいそう。ああッ……！」

利香がガクガクと膝を震わせて言うなり、平太が舐めている割れ目が迫り出すように盛り上がり、味わいと温もりが変化した。

同時に熱い流れがほとばしり、彼の口に注がれてきた。

味と匂いは実に淡く、飲み込んでも全く抵抗が感じられないほど清らかだった。

まるで若返りの妙薬のようで、これを寝たきりの自分に飲ませたら、急に元気になるかも知れないと思うほどである。

「アア……」

利香が喘ぎ、股間に顔を埋めた彼の頭に摑まりながら、勢いを増して放尿を続けた。

口から溢れた分が温かく胸から腹に伝い流れ、すっかりピンピンに回復したペニスが心地よく浸された。

やがてピークを越えると急に勢いが衰え、間もなく流れは治まってしまった。

平太は残り香の中で余りの雫をすすり、舌を挿し入れて柔肉を探った。すると愛液が残尿を洗い流すように溢れ、舌の動きが滑らかになった。

「も、もうダメ……」

利香が言って股間を引き離すと、力尽きたようにクタクタと座り込んでしまった。

それを抱き留め、もう一度互いの全身にシャワーの湯を浴びせると、彼女を支えて立ち上がった。

そして身体を拭き、また全裸のまま二階の部屋に戻った。

もちろん平太は、もう一回射精しなければ治まらなくなっていた。

ベッドに添い寝し、

「もう一回出したい……」

甘えるように、利香に腕枕してもらいながら言った。

「また入れたら歩けなくなりそう。まだ中に何か入っている感じ……」

「うん、じゃ指でいいからしてね」

平太は、また利香にペニスを握ってもらうと、利香もニギニギとぎこちなく愛《あい》撫《ぶ》してくれた。

「唾《つば》を飲ませて」

仰向けのまま言うと、利香も指の愛撫を続けながら真上から顔を寄せてくれた。そして愛らしい唇をすぼめ、白っぽく小泡の多い唾液をトロトロと吐き出してくれたのだ。

平太は舌に受けて生温かく清らかな唾液を味わい、うっとりと喉を潤して甘美な悦びで胸を満たした。

「顔中もヌルヌルにして……」

さらにせがむと、利香も彼の鼻の穴から鼻筋、頬から瞼《まぶた》まで舌を這わせてくれた。

　それは舐めると言うより、垂らした唾液を舌で塗り付ける感じで、たちまち顔中がヌルヌルにまみれた。

「ああ、いい匂い……」

　平太は、美少女の唾液と吐息の匂いに包まれながら喘ぎ、ジワジワと絶頂を迫らせていった。

「ね、お願い、お口でして……」

　とうとう図々しく言うと、利香も素直に顔を移動させてくれた。

「ここも舐めてくれるかな」

　仰向けになった平太が言い、自ら両脚を浮かせて抱えると、利香はこれも厭わず尻の谷間を舐めてくれた。

　しかも自分がされたように、ヌルッと潜り込ませてきたのである。

「あう……」

　平太は妖しい快感に呻き、キュッと肛門で舌先を締め付けた。

　利香が熱い鼻息で陰囊をくすぐり、内部で舌を蠢かせると、連動するように勃起したペニスがヒクヒクと上下した。

ようやく脚を下ろすと、彼女も舌を引き離し、そのまま陰嚢を舐め回してくれた。そして舌で二つの睾丸を転がし、袋を唾液にまみれさせてからペニスを舐め上げ、丸く開いた口でスッポリと呑み込んできた。

「ああ、気持ちいい……」

温かく濡れた神聖な美少女の口に深々と含まれ、平太は快感に喘いだ。

利香も深々と含み、熱い鼻息で恥毛をくすぐり、幹を口で丸く締め付けて無邪気に吸い付いてくれた。

口の中ではクチュクチュと舌が滑らかにからみつき、幹が歓喜にヒクヒクと震えた。

平太が快感に任せ、ズンズンと股間を突き上げはじめると、

「ンン……」

利香が小さく呻き、自分も合わせて顔を上下させ、濡れた口でスポスポと強烈な摩擦を開始してくれたのだ。

「アア、い、いく……！」

平太は急激に高まって口走り、あっという間に昇り詰めてしまった。

美少女の口に出して良いものだろうかという禁断の思いも快感に拍車をかけ、

彼はありったけの熱いザーメンを勢いよくほとばしらせた。

「ク……」

喉の奥を直撃された利香が呻いたが、なおも摩擦と舌の蠢きは続行してくれたのだ。

「気持ちいい……」

平太は快感にうっとりと喘ぎ、心置きなく最後の一滴まで美少女の口に絞り尽くしてしまった。

突き上げを止めてグッタリと身を投げ出すと、ようやく利香も動きを止め、亀頭を含んだまま口に溜まったザーメンをコクンと一息に飲み干してくれた。

「あう……」

喉が鳴ると同時に口腔がキュッと締まり、平太は駄目押しの快感に呻いてピクンと幹を震わせた。

利香もチュパッと軽やかな音を立てて口を離すと、なおも余りをしごくように幹をニギニギし、尿道口に脹らむ白濁の雫までペロペロと舐め取ってくれた。

「く……、も、もういいよ、有難う……」

平太は過敏に幹を震わせて言い、降参するようにクネクネと腰をよじった。

やっと利香が舌を引っ込め、股間を這い出して添い寝してきた。

平太は腕枕してもらい、美少女の胸に包まれながら荒い呼吸を繰り返した。

「飲んでくれたの？　不味くなかった？」

「あまり味はないわ。少し生臭いけど」

訊くと利香が答え、それほど嫌そうでないので平太も安心した。

（ああ、とうとう美少女の下と上に射精してしまった……）

彼は思い、いつまでも動悸が治まらなかった。そして利香の吐息を嗅いで、うっとりと余韻を味わった。

利香の息にザーメンの生臭さは残らず、さっきと同じ甘酸っぱい芳香がしていた。

5

（やっぱり書いておくべきだな……）

平太はパソコンに向かい、昭一郎としての自伝を書き留めておこうと思った。

生い立ちから陸軍士官学校時代、終戦からこっちの刑事人生も、かなり波瀾万《はらんばん》丈《じょう》で面白いものになるだろう。

もし出版ということになれば平太の名で、祖父に聞いた話をまとめたという名目にすれば良い。

そして執筆の手を休めたときは、マメに自主トレでスクワットや腕立て、腹筋運動も欠かさなかった。

一朝一夕《いっちょういっせき》には痩せないだろうが、食事にも気をつけるようにしているから徐々に引き締まってはいるのだ。

まあ、この肉体を平太に返せば、たちまちリバウンドするかも知れないが、その頃は自分もこの世にいないだろうから知ったことではない。

両親とも、朝夕は一緒に食事するようにしていた。両親といっても、昭一郎にとっては息子夫婦だが、徐々に互いの違和感も薄れてきたようだ。

もちろん離れで昏睡している自分も毎日見舞ったが、まだ本物の平太の魂は眠ってばかりだ。案外、寝ているだけなので楽なのかも知れない。

そんな折、涼子から連絡があり、平太はシャワーを浴びてから彼女の実家まで出向いていった。

両親が出かけ、赤ん坊も寝る頃だから来ないかとの誘いで、相当に涼子も淫気を溜め込んでいるらしく、それが平太との行為で火が点いてしまったようだ。

母屋の戸締まりをして自転車で行くと、涼子の実家まではものの十分ほどで着いた。

「ああ、嬉しいわ。入って」

元刑事で、今は子持ち人妻の涼子が出迎えて、すぐにも平太は招き入れられた。

実家にいるということは、まだ別居中の旦那とはよりが戻っていないらしい。

もちろん平太は早くも勃起し、無垢だった利香とはまた違う人妻の熟《う》れ具合に興奮を高めていた。

いきなり寝室に通されると、すでに布団が敷かれ、片隅のベビーベッドでは静かに赤ん坊が眠っていた。

「寝付いたばっかりで、大人しい子だから邪魔にはならないわ」

涼子が熱っぽい眼差しで言い、世間話など省略して、すぐにも服を脱ぎはじめた。

平太も手早く全裸になり、三十三歳の体臭に胸を高鳴らせた。

先に布団に横になると、枕には涼子の匂いが悩ましく沁み付き、その刺激が股間に伝わってきた。

たちまち全裸になると、涼子は添い寝してきた。

「シャワー浴びないようにと言われたけど、本当にいいのね？」

「うん、自然のままの匂いが好きだから」

平太は答え、甘えるように腕枕してもらい、色っぽい腋毛の煙る腋の下に鼻を埋め込んで濃厚に甘ったるい汗の匂いで胸を満たした。

そして目の前で息づく巨乳に手を這わせると、濃く色づいた乳首からポツンと母乳の雫が浮かんできた。

平太は激しく興奮し、涼子の体臭で鼻腔を刺激され、顔を移動させて乳首に吸い付いていった。

すっかり吸う要領も得ているので、すぐにも生ぬるく薄甘い母乳が分泌され、彼の舌を濡らしてきた。

「アア……」

涼子が喘ぎ、クネクネと身をよじらせた。

平太はのしかかり、左右の乳首を交互に含んで吸い付いては、うっとりと母乳で喉を潤した。

滑らかな肌を舐め降り、腰から脚をたどって足裏にも舌を這わせ、指の股に鼻を押し付けて蒸れた匂いを貪った。

「あう、そんなところ汚いのに……」

涼子は身を震わせて言ったが、もちろん拒みはせず、全ての愛撫を受け入れるように身を投げ出していた。

平太は爪先にしゃぶり付き、汗と脂に湿った指の間に舌を割り込ませて味わい、両足とも味と匂いを貪り尽くしてしまった。

そして彼女を大股開きにさせ、脚の内側を舐め上げ、熱気と湿り気の籠もる股間に顔を進めていった。

「アア……、恥ずかしい……」

まだ触れていないのに、見られるだけで涼子は息を弾ませ、ヒクヒクと白い下腹を波打たせた。

平太は白くムッチリと量感ある内腿を舐め上げて股間を見ると、割れ目からはみ出した陰唇は母乳のように白濁した粘液にまみれていた。

堪らずに顔を埋め込み、柔らかな茂みに鼻を擦りつけると、蒸れた汗とオシッコの匂いが生ぬるく濃厚に籠もり、嗅ぐたびに鼻腔が悩ましく刺激された。

匂いに包まれながら舌を這わせ、淡い酸味のヌメリにまみれた膣口を掻き回し、

味わいながら柔肉をたどってクリトリスまで舐め上げていくと、

「あう、いい気持ち……！」

涼子がビクッと反応して口走り、内腿でキュッときつく彼の顔を挟み付けてきた。

平太はチロチロと舌先で弾くようにクリトリスを刺激しては、新たにトロトロと湧き出る愛液をすすった。

さらに彼女の両脚を浮かせ、逆ハート型をした豊満な尻に迫った。

谷間の蕾はレモンの先のように僅かに突き出た感じで、彼は双丘に顔中を密着させ、鼻を埋め込んだ。

そこも蒸れた匂いが悩ましく籠もり、彼は充分に嗅いでから舌を這わせてヌルッと潜り込ませた。

「く……、ダメ……」

涼子が息を詰め、キュッと肛門で舌先を締め付けてきた。

平太は中で舌を蠢かせ、滑らかな粘膜を刺激した。鼻先の割れ目からは泉のように大量の愛液が湧き出し、肛門の方まで伝い流れてきた。

ようやく舌を離すと、彼は左手の人差し指をヌルリと肛門に押し込み、右手の二本の指を濡れた膣口に潜り込ませた。

さらに再びクリトリスに吸い付くと、

「アアッ……、すごい……！」

最も感じる三カ所を同時に愛撫され、涼子が前後の穴で指をきつく締め付けながら熱く喘いだ。

平太はそれぞれの指を蠢かせて内壁を擦り、執拗にクリトリスを舐め回した。

6

「ダメ、いく！　アアーッ……！」

たちまち涼子はオルガスムスに達して声を上げ、狂おしく身悶えながら粗相《そそう》したように大量の愛液を噴出させた。

これほど大きな声を上げても、赤ん坊は安らかに眠ったままだった。

彼女が硬直を解いてグッタリとなったので、平太も女の絶頂の凄まじさに圧倒されながら、ようやく舌を引っ込め、前後の穴からヌルッと指を引き抜いた。

膣内の二本の指の間は愛液が膜を張るようで、ほのかに湯気の立つ指の先も湯上がりのようにふやけてシワになっていた。肛門に入っていた指に汚れはなく爪にも曇りはなかったが、微香が感じられた。

添い寝すると、涼子はしばしヒクヒクと声もなく肌を震わせていたが、徐々に我に返ってきたか、

「死ぬかと思ったわ。本当は一つになっていきたかったのに……」

詰るように囁いた。

それでもノロノロと身を起こすと、彼の股間に屈み込み、粘液の滲む尿道口をチロチロと舐め回しはじめた。

「ああ……」

平太は股間に美人妻の熱い息を感じながら快感に喘ぎ、今度は身を投げ出して受け身になった。

涼子も徐々に呼吸を整えながら念入りに亀頭をしゃぶり、スッポリと根元まで呑み込んでいった。

ペニス全体は、美人妻の温かく濡れた口に深々と含まれ、唾液にまみれてヒクヒクと震えた。

「ンン……」

涼子は先端が喉の奥に触れるほど深く呑み込んで貪り、たっぷりと唾液を出してペニスを浸してくれた。

さらに顔を上下させ、スポスポと強烈な摩擦を繰り返したが、彼が果ててしまう前にスポンと引き離し、陰嚢までヌラヌラと舐め回した。

「い、入れたい……」

すっかり高まった平太が言うと、涼子も身を起こしてきた。

「また上から入れるわね……」

彼女は言って平太の股間に跨がり、先端に割れ目を押し付けて、ゆっくりと腰を沈めていった。

張り詰めた亀頭が潜り込むと、あとはヌルヌルッと滑らかに根元まで嵌め込み、完全に座り込んで股間を密着させた。

「アアッ……、いいわ……」

涼子がビクッと顔を仰け反らせて喘いだ。

やはり指と舌で果てるのと、ペニスを受け入れる快感は別物らしい。

平太も温もりと感触を味わい、両手を伸ばして涼子を抱き寄せた。

そして顔を上げ、身を重ねてくる彼女の乳首に吸い付いたが、もうあまり母乳の分泌はなかった。そろそろ出なくなる時期なのかも知れない。

やがて涼子が腰を遣い、股間をしゃくり上げるように擦りつけはじめた。

平太も両手でしがみつきながら、ズンズンと股間を突き上げ、何とも心地よい肉襞の摩擦を味わった。

そして顔を引き寄せ、ピッタリと唇を重ねると、涼子も舌を挿し入れてネットリとからみつけてくれた。

平太は滑らかに蠢く美女の舌を味わい、トロリと生温かく注がれる唾液でうっとりと喉を潤した。

「もっと唾を出して」

唇を触れ合わせたまま囁くと、涼子も懸命に唾液を分泌させると、口移しにトロトロと注ぎ込んでくれた。

彼は小泡の多い生温かな唾液を飲み込み、甘美な悦びで胸を満たした。

動いているうち、また新たな愛液が大量に溢れて動きが滑らかになり、ピチャクチャと淫らな音を立てながら、彼の肛門の方にまで伝い流れてきた。

「アア、いきそうよ……」

涼子が口を離して喘ぎ、腰の動きを早めてきた。

彼女の吐息は前と同じ花粉のような甘い匂いが含まれ、それに昼食の名残だろうか、淡いオニオン臭も混じり、それがやけにリアルな主婦といった刺激で、彼はゾクゾクと興奮を高めていった。

平太も絶頂を迫らせながら、彼女の喘ぐ口に鼻を擦りつけ、吐息と唾液の混じった匂いで悩ましく胸を満たすと、たちまち昇り詰めてしまった。

「い、いく……！」

大きな快感に口走りながら、肉襞の摩擦の中で熱い大量のザーメンをドクンドクンと勢いよくほとばしらせた。

「あ、熱いわ、ああーッ……！」

噴出を感じた途端、涼子もオルガスムスのスイッチが入ったように声を上ずらせ、ガクガクと狂おしい痙攣を開始した。

平太はキュッキュッと締まる膣内で心ゆくまで快感を嚙み締め、最後の一滴まで出し尽くしていった。

そして徐々に突き上げを弱めていくと、

「アア……」

涼子もすっかり満足したように声を洩らし、肌の硬直を解いてグッタリともたれかかってきた。

彼は美人妻の重みと温もりを受け止め、まだ息づく膣内でヒクヒクと過敏に幹を跳ね上げた。

「あう……」

涼子も敏感になり、声を洩らしてキュッときつく締め上げてきた。

そして平太は、彼女の悩ましい吐息で胸を満たしながら、うっとりと快感の余韻を噛み締めたのだった。

7

「すごかったわ。まだ力が入らない……」

バスルームで、涼子が椅子に座り込んで言った。

互いの全身をシャワーの湯で洗い流し、平太は湯を弾くように脂の乗った涼子の肌を見ているうち、またムクムクと回復してきてしまった。

「ね、ここに立って、こうして」

平太は床に座って言い、目の前に涼子を立たせ、片方の足を浮かせてバスタブのふちに乗せさせた。利香にもさせたことを求めたいのである。

「どうするの」

「オシッコしてみて」

平太が、開かれた股間に顔を埋めながら答えると、涼子がビクリと反応し、文字通り尻込みした。

「そ、そんなこと、無理よ……」

「少しでいいから」

言いながら濡れた茂みに鼻を埋めて嗅ぐと、もう濃厚だった匂いの大部分は薄れてしまった。

それでも舐めていると、すぐにも新たな愛液が湧き出し、ヌラヌラと舌の動きが滑らかになった。

「アア……、ダメよ、もう充分……」

涼子が膝をガクガクと震わせ、腰をくねらせながら喘いだ。

それでも、まだ余韻で朦朧《もうろう》としながら、言われるまま下腹に力を入れ、尿意を高めはじめてくれたようだ。

何しろ平太と懇《ねんご》ろになってから、新たな快感に目覚め、また何か新鮮な刺激が得られると思ったのかも知れない。

なおも割れ目内部の柔肉を舐めていると、妖《あや》しく蠢いて味わいが変化してきた。

「あう、出るわ……」

息を詰めて言うなり、チョロチョロと熱い流れが彼の口に注がれてきた。

それは利香のものより味も匂いも濃かったが、美人妻の出したものだから喉に流し込むと胸に興奮が広がっていった。

「アア、信じられない、こんなこと……」

涼子は勢いを付けて放尿しながら喘ぎ、それでもあまり溜まっていなかったか、間もなく流れが治まってしまった。

平太は残り香の中、余りの雫をすすって割れ目を舐め回した。

「も、もうダメよ……」

涼子が脚を下ろして言い、彼の顔を股間から引き離して座り込んだ。

平太は入れ替わりに起き上がり、バスタブのふちに腰を下ろして股を開いた。

「また勃っちゃった」

甘えるように言うと、涼子も熱い視線をペニスに注いできた。

「また入れたら、もう起き上がれなくなっちゃうから、お口でもいい？」

彼女が言い、平太は頷くように幹を上下させた。

涼子は顔を寄せ、舌を伸ばしてチロチロと尿道口を舐め回し、張り詰めた亀頭にもしゃぶり付いた。

「ああ、気持ちいい……」

平太は快感に喘ぎ、股間に熱い息を受けて高まりはじめた。

涼子も、たまにチラと目を上げて彼の反応を見ながら、丸く開いた口でスッポリと根元まで呑み込んでいった。

温かく濡れた口に深々と含まれ、平太は中でヒクヒクと幹を震わせた。

「ンン……」

涼子は熱く鼻を鳴らし、顔を前後させてスポスポと摩擦してくれた。

平太も我慢せず、素直に快感を受け止めながらジワジワと絶頂を迫らせた。

さらに彼女は摩擦運動をしながら、指先でサワサワと陰嚢を愛撫した。

「い、いく……！」

たちまち平太は昇り詰め、口走りながら絶頂の快感に全身を貫かれた。

ありったけの熱いザーメンがドクンドクンと勢いよくほとばしると、

「ク……」

涼子は呻いて、第一撃を喉の奥に受けると、すぐに口を離して、両手のひらで幹を錐揉《きりも》みにしてくれたのだ。

余りの噴出が彼女の綺麗な顔中に激しく飛び散り、鼻筋や頬の丸みをヌラヌラと伝い流れた。

「ああ、いい気持ち……」

涼子はザーメンを顔に受けながらうっとりと言い、またパクッと亀頭をくわえて最後の一滴まで吸い出してくれた。

そして亀頭を含んだまま、口に溜まった分をゴクリと飲み込むと、

「あう……」

平太は駄目押しの快感に呻いた。

飲み干すと涼子は、顔中をヌルヌルにしながら口を離し、なおも幹をしごいて余りを搾り、濡れた尿道口をペロペロと丁寧に舐めてくれたのだった。

「も、もういいです……。有難うございました……」

平太がヒクヒクと過敏に反応しながら声を絞り出すと、ようやく涼子も舌を引っ込めてくれ、シャワーの湯で顔を洗い、ペニスも流してくれたのだった。

「こちらこそ、急な呼び出しなのに来てくれて有難う。またお願いね」

涼子は言って立ち上がり、二人で身体を拭いて部屋に戻った。

まだ赤ん坊は静かに眠っている。

平太は身繕いをすると、また必ず来ることを約束し、涼子の家を出たのだった。

処女の利香が抱けたのも大感激で素晴らしかったが、快感を知っている人妻も格別だと思い、彼は軽やかな気持ちで自転車に乗り、帰途についた。

ふと、スポーツジムがあったので、彼は自転車を止めて様子を見てみた。

やはり自主トレでは限界があるので、ここへ通うのも良いと思ったのだ。それに最近は引き籠もらず良い子にしているので、親も小遣いをくれるだろう。

すると、ジムから一人の見知った女性が出てきたのだ。

「あら、平太くん、お久しぶりね」

「ええ、こんにちは」

彼女が笑顔で声をかけ、平太も挨拶した。

それは大野恵利子、三十九歳になる利香の母親である。

かつて、平太は彼女の車に撥ねられて縁を持ったのだった。

相変わらず恵利子は色白豊満で色っぽく、利香に似た整った顔立ちをしていた。

「ここへ通っているんですか」

「ええ、まだ入ったばかりなのだけど」

訊くと、恵利子が答えた。

「そうですか。僕も入会しようかと思ってみていたんです」

「それはいいわ。良ければ時間を合わせて一緒にトレーニングしましょう」

恵理子が言う。まだ知り合いもいないようなので、仲間が欲しいのかも知れない。

中はストレッチの器具が揃い、プールもあるようだ。

「じゃ申し込みします」

「一緒に行ってあげるわ」

平太が言うと恵利子も引き返して入り、受付に案内してくれた。

平太が申込書に記入すると、恵利子も横からあれこれ教えてくれた。

彼女は運動を終えてシャワーも浴びたようだから、汗の匂いは感じられなかったが、湿り気ある吐息が白粉のような刺激を含んで、悩ましく彼の鼻腔をくすぐってきた。

（もしかして、これから恵利子さんも攻略できるんじゃないか……）

平太は、涼子を相手に二回射精したばかりなのに、すぐにも妖しい新たな期待に股間を熱くさせたのだった。

第三話　母娘のいけない蜜

1

「すごいわ。でも最初からあまり無理しないようにね」

ジャージ姿の恵利子が、夢中でストレッチしている平太に言った。しかし平太は、筋肉増強の器具も自転車も、順々に熱心にこなしていた。

何しろ肉体は平成元年生まれで鈍《なま》りきっているが、心の中は昭和元年生まれの根性が備わっている。

ここは近所にあるスポーツジム。今日は平太が入会して初めて来たのだった。

会員は主婦が多いので、ジムの中は甘ったるく熟れた体臭が充ち満ちていた。

少しでも気を抜くと股間が反応してしまうが、とにかく平太は痩せて肉体を鍛えるために来ているのだから、その目的を忘れることはなく懸命に運動した。

恵利子も、彼に器具の説明をする合間に自分のストレッチをしていたので、戻ってくるたびに甘ったるい汗の匂いが濃くなり、呼吸も熱く弾んでいた。

(今日はこれぐらいでいいかな……)

平太は運動を終え、心地よい疲労感の中で思った。

何しろ本来の昭一郎は、陸軍士官学校や警察学校でしごかれ、刑事になってからも道場の稽古を欠かさなかったから、自分の限界は知っているし、それを小太りの平太の肉体に合わせ、決して無理しないよう調整していたのだ。

平太はジムの中にあるバスルームに行って身体を洗い流し、サウナにも入り湯に浸かってから出た。

着替えてジムに顔を出し、恵利子に挨拶すると、

「私も上がるわ。ね、今夜うちでお夕食しない?」

彼女が言ってジムを出てきた。どうやら夫は出張中で、娘の利香も今夜は友人と夕食らしく帰りは遅くなるようだ。

「ええ、よろしければ」

「じゃすぐ着替えてくるから待ってて。シャワーは家で浴びるからいいわ」

後半は独りごちるように言い、恵利子は急いで女子更衣室に入っていった。

その間に平太は、スマホで両親にラインを送り、今夜は友人の家で夕食してから帰ると連絡しておいた。

こうしたところも律儀で、両親、つまり昭一郎の息子夫婦も、すっかり彼が良い子になったことを喜んでいた。

「お待たせ。行きましょう」

すぐに恵利子が出てきて言い、駐車場の車に彼を誘った。普段着に着替えただけで、汗の匂いは濃いままだから、本当にシャワーは浴びなかったようだ。

(出来るかも……)

助手席に乗りながら、平太は期待に胸と股間を膨《ふく》らませた。

恵利子は三十九歳の美熟女。もっとも昭一郎からすれば五十歳以上も年下の女性だが、平太の肉体からすれば手ほどきしてもらいたくなる色っぽい人妻である。

しかも、先日処女を頂いた利香の母親だから禁断の興奮も加わった。

かつて平太を轢いた恵利子だったが、今はハンドルさばきも軽やかだった。それは彼が軽傷だったからだろう。

「今でも思い出すわ。平太さんが無事で良かったって」

恵利子も思い出したように言い、今さらながら安堵したように溜息をついた。

やがて家に着き、彼女は駐車場に車を停めて一緒に家に入った。

まだ夕食には早い。

「平太さんは、彼女はいるの？」

恵利子が、ジムで使ったジャージを洗濯機に入れながら訊いてきた。

「いえ、いません」

「そう、利香がどうもあなたのこと好きみたいだけど、利香はどう？」

どうやら何かと利香は、母親の前で平太の話題を出すようだ。それでも恵利子は、まだ二人が深い仲になっていることには気づいていないだろう。

「え？　そんな、一回りも下だし、もちろん利香ちゃんは可愛いから好きですけど」

「そう、でも見たところ、平太さんも、まだ無垢じゃないかしら。何も知らない同士では上手くいかないわ」

恵利子がバスタブに湯を張って洗面所から戻り、熱っぽい眼差しで彼に言った。

（これは、手ほどきしてくれるのかも知れない……）

平太は思い、自分の方から無垢を装って言ってみることにした。

「そうなんです。まだ何も知らないので、小母《おば》様みたいな人が教えてくれると良いのですけれど……」

思い切って言うと、恵利子がさらに目を輝かせて迫ってきた。

「本当？　私もあなたに教えたくて仕方がないの。私で良いなら、いいかしら」

「ええ、もちろんです」

平太は興奮を高めながら答えた。こんなに簡単なら、平太本人も度胸を決めて求めれば良かったのだ。

「じゃ、急いで流してくるから待ってて」

「あ、いや、今のままがいいんです」

彼女が言い、平太は慌てて押しとどめた。

「まあ、そんなに待てないの？　あたなはジムでお風呂入ったから良いだろうけど」

「初めてなので、女性のナマの匂いや味を知るのが願いなんです」

平太は懇願し、積極的に彼女の手を握って寝室らしき方へと移動した。

「まあ、汗臭くても知らないわよ……」

その勢いに押されるように、恵理子も彼を夫婦の寝室に招き入れてくれた。

寝室のベッドは、セミダブルとシングルが並んでいたが、夫のものらしいセミダブルは洗濯済みのシーツが置かれているだけだ。

平太はすぐにも脱ぎ去って全裸になり、激しく勃起しながら恵利子用のシングルベッドに横になって待った。

「本当に待てないのね。どうか焦らないで」

恵利子は言い、自分も手早くブラウスとスカートを脱ぎはじめてくれた。

室内にも甘ったるく熟れた体臭が籠もり、それに彼女の新鮮な汗の匂いが混じった。

枕にも、恵利子の髪や汗や涎《よだれ》の匂いが悩ましく沁み付き、嗅ぐたびに胸に満ちる刺激がペニスに伝わっていった。

ブラを外すと、メロンほどもある見事な巨乳が弾けるように露わになり、さらに最後の一枚を脱ぎ去ると、白く豊満な尻が何とも艶めかしかった。

「いいわ、好きなようにして」

恵利子は言いながら添い寝し、平太も甘えるように腕枕してもらった。

ジムで水泳もするため、彼女は全身ケアをして、腋も脛もスベスベで、恥毛も手入れしているように丘にほんの少し茂っているだけだった。

ワイルドな涼子とはまた違う魅力を感じ、平太は腋の下に鼻を埋め込んでいった。

2

「あう、くすぐったいわ。汗臭いでしょう」

恵利子が、ビクリと熟れ肌を震わせて呻いた。平太はジットリ湿った腋の下に鼻を擦りつけ、ミルクのように甘ったるい汗の匂いで胸を満たした。

目の前では爆乳が息づき、手を這わせると柔らかな弾力が感じられた。

充分に嗅いでから移動し、仰向けになって身を投げ出す彼女にのしかかり、平太はチュッと乳首に吸い付いていった。

「アア……」

恵利子が熱く喘ぎ、手ほどきすると言いながらすっかり受け身になっていた。

平太は乳首を舌で転がし、顔中を豊かな膨らみに押し付けて感触を味わい、もう片方にも手を這わせた。

「い、いい気持ち……」

恵利子は少しもじっとしていられないようにクネクネと身悶え、熱く喘ぎ続けた。

もう娘も女子大生だし、夫婦生活もすっかりなくなって、相当に欲求が溜まっているようだった。

しかも、娘の彼氏になるかも知れない相手の童貞を頂くという、禁断の興奮にも包まれているのだろう。

平太は左右の乳首を交互に含んで舐め回し、甘ったるく立ち昇る体臭に酔いしれた。

そして滑らかな熟れ肌を舐め降り、形良い臍を探り、張り詰めた下腹にも顔を埋め込んで弾力を味わった。

肌は透けるように白く、ほんのりと汗の味がして、どこに触れても彼女はビクリと敏感に反応した。

もちろん彼は股間を最後に取っておき、豊満な腰からムッチリした太腿をたどり、スベスベの脚を舐め降りていった。

足首まで行くと足裏に回り、踵から土踏まずを舐め、縮こまった指の間にも鼻を押し付けて嗅いだ。

そこも生ぬるい汗と脂にジットリ湿り、蒸れた匂いが濃く沁み付いていた。

嗅いでから爪先にしゃぶり付き、全ての指の股に舌をヌルッと割り込ませて味わった。

「あう、汚いからダメ……」

恵利子は驚いたように反応して呻き、幼児の悪戯《いたずら》でも叱るように言ったが、拒みはしなかった。

平太は両足ともしゃぶり尽くし、やがて股を開いて脚の内側を舐め上げていった。

白く量感ある内腿をたどって股間に迫ると、熱気と湿り気が顔中を包み込んできた。

見ると、ふっくらした丘に恥毛が茂り、肉づきが良く丸みを帯びた割れ目からは、ピンクの花びらがはみ出し、ヌメヌメと蜜に潤っていた。

指でそっと陰唇を左右に広げると、かつて利香が産まれ出てきた膣口が妖しく息づき、ポツンとした小さな尿道口もはっきり確認できた。

そして包皮の下からは、小指の先ほどもあるクリトリスが光沢を放ち、愛撫を待つようにツンと突き立っていた。

「そ、そんなに見ないで……」

恵利子が、彼の熱い視線と息を股間に感じながら声を震わせ、ヒクヒクと白い下腹を波打たせた。

平太も吸い寄せられるようにキュッと顔を埋め込み、柔らかな茂みに鼻を擦りつけて嗅いだ。隅々には、生ぬるく蒸れた汗とオシッコの匂いが悩ましく籠もり、鼻腔を刺激してきた。

やはり運動をした直後だから、大部分は汗の匂いである。

「いい匂い」

「あう、言わないで……」

平太が嗅ぎながら言うと、恵利子が羞恥に呻き、内腿でムッチリときつく彼の両頬を挟み付けてきた。

平太は匂いに酔いしれながら舌を挿し入れ、膣口の襞を掻き回して淡い酸味のヌメリを味わい、柔肉をたどってクリトリスまで舐め上げていった。

「アアッ……！」

恵利子がビクッと身を反らせて喘ぎ、内腿に力を込めた。

平太はチロチロと舌先で弾くようにクリトリスを舐めては新たに溢れる愛液をすすり、上の歯で包皮を剝き、完全に露出した突起にチュッと吸い付いた。

「く……、ダメ、感じすぎるわ……」

恵利子が嫌々をして言う。やはりこの小さな突起が、熟れ肌全体を操るほど感じる場所なのである。

さらに彼は恵利子の両脚を浮かせ、白く豊満な尻の谷間に迫った。

そこには薄桃色の可憐な蕾がひっそり閉じられ、鼻を埋め込んで嗅ぐと、やはり蒸れた汗の匂いが籠もっていた。

顔中を弾力ある双丘に密着させて嗅ぎ、舌を這わせて収縮する襞を濡らし、ヌルッと潜り込ませて滑らかな粘膜を味わった。

「あう……、な、何をしてるの……」

恵利子が呻き、キュッと肛門で舌先を締め付けてきた。あまりの興奮と刺激で、もう何をされているかも分からず朦朧としているようだ。

おそらく真面目一徹らしい夫は、彼女の爪先や肛門など舐めない人なのだろう。

平太は中で舌を蠢かせ、出し入れさせるように動かした。すると鼻先にある割れ目からは、新たな愛液がトロトロと溢れてきた。

それを舐め取りながら脚を下ろし、再び彼がチュッとクリトリスに吸い付いた。

「も、もうダメ……」

恵利子がすっかり絶頂を迫らせたように言い、腰をよじって彼の顔を股間から追い出してきた。

やはり、どうせ絶頂を迎えるなら、一つになって果てたいのだろう。

平太も素直に移動して添い寝し、彼女の手を握ってペニスに導いた。すると恵利子もやんわりと握りながら、自ら顔を移動させていった。

「綺麗な色……」

顔を寄せた恵利子が熱い視線を注ぎ、指の腹で光沢ある亀頭に触れた。

「ね、ここ舐めて。僕は綺麗にしてきたから」

平太が両脚を浮かせ、尻を突き出しながら言うと、

「アアッ、意地悪ね……」

自分のは綺麗ではなかったのかと恵利子は羞恥に声を震わせた。

それでも顔を埋め込み、チロチロと肛門に舌を這わせ、自分がされたようにヌルッと潜り込ませてくれたのだった。

3

「あう、気持ちいい……」

平太は快感に呻き、モグモグと味わうように恵利子の舌先を肛門で締め付けた。

熱い鼻息が陰嚢をくすぐり、内部で舌が蠢くと、内側から刺激されたように勃起したペニスがヒクヒクと震えた。

「ここもしゃぶって……」

申し訳ないような快感に脚を下ろし、陰嚢を指して言うと、彼女もすぐに舌を這わせて睾丸を転がしてくれた。

熱い息が股間に籠もり、袋全体が生温かな唾液にまみれると、彼は愛撫をせがむように幹を上下させた。

恵利子も察したように身を乗り出してきたので、

「オッパイで挟んで揉んで」

図々しく要求すると、恐らく夫婦生活でも受け身一辺倒だった恵利子が、ぎこちなく胸を突き出して幹を谷間に挟んでくれた。

そして両側から手で揉んでくれ、平太は肌の温もりと巨乳の柔らかさに包まれて快感を高めた。

「アア……、お口でして……」

喘ぎながら言うと、恵利子も屈み込んでチロチロと舌を這わせ、粘液の滲んだ尿道口を舐め回してくれた。

さらに張りつめた亀頭をくわえ、そのままスッポリと根元まで呑み込んでいった。

「ああ、気持ちいい……」

平太は喘ぎ、美女の口の中でヒクヒクとペニスを震わせた。

「ンン……」

恵利子も先端が喉の奥に触れるほど深々と含んで熱く鼻を鳴らし、幹を締め付けてチュッと吸いながら、クチュクチュと舌をからめてくれた。

平太もすっかり高まり、思わずズンズンと股間を突き上げると、恵利子も顔を上下させて、濡れた唇でスポスポと強烈な摩擦を繰り返した。

「い、いきそう、跨いで入れて……」

彼が言うと、すぐに恵利子もスポンと口を引き離して顔を上げた。

「上なんて、したことないわ……」

「お願い、跨いで」

手を引いて言うと、恵利子もノロノロと前進して彼の股間に跨がり、ぎこちなく先端に濡れた割れ目を押し付けてきた。

平太も下から膣口にあてがった。

もう、どちらが手ほどきしているか分からないぐらいだが、興奮している恵理子も彼が無垢ということも忘れて従い、あるいは童貞でも欲望が大きければこんなものだろうと思っているかも知れない。

位置が定まると、恵利子も息を詰めてゆっくり腰を沈み込ませてきた。

今までは戯《たわむ》れの延長だろうが、とうとう挿入の段になり、初めての不倫に激しく息を弾ませていた。

亀頭が潜り込むと、あとは重みと潤いでヌルヌルッと滑らかに根元まで嵌まり込んでいった。

「アアッ……！」

恵利子が完全に座り込み、股間を密着させると顔を仰け反らせて喘いだ。

平太も、肉襞の摩擦と心地よい温もり、大量の潤いと締め付けに包まれながら、懸命に暴発を堪えて肛門を引き締めた。

恵利子は若いペニスを味わうようにキュッキュッと締め付けながら上体を反らせ、巨乳を揺すっていたが、彼が抱き寄せるとゆっくり身を重ねてきた。

平太も両手を回してしがみつき、僅かに両膝を立てて豊満な尻を支えた。

胸に巨乳が密着して弾み、恥毛が擦れ合い、ズンズンと股間を突き上げると、コリコリする恥骨の膨らみも伝わってきた。

「アア……、奥まで当たるわ……」

恵利子が熱く喘ぎ、湿り気ある吐息を嗅ぐと、それは白粉《おしろい》のような甘い刺激を含んで、彼の鼻腔を悩ましく搔き回してきた。

そのまま顔を抱き寄せてピッタリと唇を重ね、舌を挿し入れて滑らかな歯並びを左右にたどると、

「ンン……」

彼女も歯を開いて呻き、チュッと彼の舌先に吸い付いてきた。

その間も股間を突き上げ続けると、溢れる愛液で動きが滑らかになり、クチュクチュと湿った摩擦音が聞こえてきた。

「アア……、いきそうよ……」

恵利子が口を離し、淫らに唾液の糸を引いて喘ぎながら、突き上げに合わせて腰を動かしはじめた。

溢れる愛液が陰嚢の脇を伝い流れ、彼の肛門の方まで生温かく濡らしてシーツに沁み込んでいった。

膣内の側面の一部が感じるようで、彼女は無意識にか、腰を動かしながら先端をそこにばかり擦り付けた。

「ね、唾を飲ませて……」

顔を引き寄せてせがむと、喘ぎ続けで口中が乾いているのか、彼女も懸命に分泌させると、クチュッと少しだけ吐き出してくれた。

それを舌に受けて味わい、うっとりと喉を潤し、美女の甘い吐息を嗅ぎながら平太も絶頂を迫らせていった。

「い、いきそう……」

「いいわ、いって……、私も……」

許しを得るように囁くと、恵利子も答えながら腰の動きを激しくさせた。

いつしか二人の動きは完全にリズミカルに一致し、股間をぶつけるように動き続けた。

「しゃぶって……」

彼が言って恵利子の口に鼻を押し込むと、彼女もチロチロと舌を這わせてくれた。

もう堪らず、平太は唾液と吐息の匂いの渦と、肉襞の摩擦に昇り詰めてしまった。

「く……！」

突き上がる大きな絶頂の快感に呻き、熱い大量のザーメンをドクンドクンと勢いよく中にほとばしらせると、

「あ、熱いわ、いく……、アアーッ……！」

噴出を受けた途端にオルガスムスのスイッチが入ったように、恵利子も声を上ずらせ、ガクガクと狂おしい痙攣を開始した。

膣内の収縮も最高潮になり、平太は心ゆくまで快感を噛み締め、最後の一滴まで出し尽くしていった。

すっかり満足しながら徐々に突き上げを弱めていくと、

「ああ……、すごいわ……」

恵利子も声を洩らし、満足げに肌の強《こわ》ばりを解いてグッタリともたれかかって

きた。

まだ収縮する膣内に刺激され、幹がヒクヒクと過敏に跳ね上がった。

そして平太は、美熟女の重みと温もりを感じ、湿り気ある白粉臭の吐息を胸いっぱいに嗅ぎながら、うっとりと快感の余韻に浸り込んでいったのだった。

4

「ね、オシッコしてみて」

バスルームで、互いの身体を流したあと、平太は床に座って言った。

「え、どうしてそんなことを……」

恵利子には理解できないようで、驚いたようにビクリと反応して答えた。

「綺麗な女性が出すところを見てみたいから。こうして」

彼は言って、目の前に恵理子を立たせ、片方の足を浮かせてバスタブのふちに乗せさせた。そして開いた股間に顔を埋め、舌を這わせた。

残念ながら濃厚だった匂いは消えてしまったが、それでも新たな愛液が溢れて舌の動きが滑らかになった。

「あう、出来ないわ、そんなこと……」

「ほんの少しでいいから」

彼女が足を震わせて尻込みして言ったが、平太は執拗《しつよう》に豊満な腰を抱え込み、クリトリスに吸い付きながらせがんだ。

「アア、そんなに吸ったら出ちゃうわ……」

どうやら尿意を催してきたように、恵理子が息を詰めて言った。

なおも吸い付き、舐め回していると割れ目内部の柔肉が迫り出すように盛り上がり、味わいと温もりが変化した。

「あう、出るわ、本当に……」

彼女が言うと同時に、熱い流れがチョロチョロとほとばしってきた。

平太は口に受けて味わい、喉に流し込んだ。それは利香と同じぐらい清らかで、味も匂いも実に淡く上品だった。

勢いが増すと口から溢れた分が温かく肌を伝い流れ、すっかりムクムクと回復しているペニスが心地よく浸された。

「アア……」

恵利子が熱く喘ぎ、今にも座り込みそうなほど全身を震わせた。

しかしピークを越えると急に勢いが衰え、やがて流れは治まってしまった。

平太は残り香の中、余りの雫をすすって柔肉を舐め回した。すると、すぐにも新たな愛液が溢れ、残尿を洗い流すようにヌメリが満ちていった。

「も、もうダメ……」

恵利子は言って脚を下ろし、力尽きたようにクタクタと座り込んできた。それを支えて椅子に座らせ、彼はもう一度シャワーの湯で互いの全身を洗い流した。

そして支えながら起こして身体を拭き、バスルームを出て全裸のまま寝室のベッドに戻っていった。

恵利子も起きている気力がないように横たわって身を投げ出し、平太も添い寝して巨乳に顔を埋めた。

「信じられないわ。あんなことさせるなんて……。もし利香と付き合ったら、同じことをさせるの？」

恵利子が、まだ興奮覚めやらぬように息を弾ませて囁いた。

「もちろんしません。恥ずかしがり屋の小母様にだけ、させてみたかったから」

「まあ……」

平太が答えながら乳首を弄《もてあそ》ぶと、恵利子もビクリと反応して羞《は》じらいに声を洩らした。

「ねえ、また勃っちゃった」

甘えるように言って、勃起したペニスを太腿に押し付けると、

「もう今日は堪忍、お夕食の仕度も出来なくなっちゃうから……」

恵理子が言って、そっとペニスを手のひらに包み込んでニギニギしてくれた。

平太も、このまま指でしてもらうつもりになり、かぐわしい息の洩れる唇に迫った。

「唾飲ませて」

「何でも飲むのが好きなの？」

言うと、恵利子は答え、なおも指の愛撫を続けながら、さっきよりも多めにトロトロと吐き出してくれた。

平太は喉を潤し、うっとりと酔いしれながら、彼女の柔らかな手のひらの中でヒクヒクと幹を震わせて高まった。

「ね、顔に思い切りペッて唾をかけて」

「そんなこと出来ないわ……」

顔を寄せてせがむと、恵理子は湿り気ある白粉臭の息を震わせて答えた。

「お願い、小母様が決して他の人にしないことをしてほしい」

なおも言うと、恵利子もまだ興奮がくすぶっているのか、形良い唇をすぼめて迫り、ペッと軽く吐きかけてくれた。

「アア、気持ちいい。上品な小母様が、まさか本当にしてくれるなんて」

「まあ！　断っても良かったの？」

言うと恵利子は羞恥に息を弾ませ、指の動きを止めた。せがむように幹を震わせると、またニギニギと揉んでくれた。

「ね、顔中ヌルヌルにして」

「もうイヤよ」

「お願い、もうすぐいきそうだから」

執拗に言うと恵利子舌を這わせ、彼の鼻の穴から頬まで、生温かく清らかな唾液でヌルヌルにまみれさせてくれた。

「アア、いきそう……」

「お口に出す？」

すると彼女の方から嬉しいことを言ってくれ、すぐにも顔を移動させてきた。

彼が仰向けになって股を開くと、恵利子は真ん中に陣取って腹這い、張り詰めた亀頭にしゃぶり付いてくれた。

熱い息が股間に籠もり、彼女は根元まで呑み込み、吸い付きながら引き抜いて、それを繰り返した。

平太も、まるで彼女の口とセックスするようにズンズンと股間を突き上げると、

「ンン……」

恵利子は小さく呻きながら顔を小刻みに上下させ、スポスポとリズミカルに摩擦してくれた。

「い、いく……、アアッ……！」

たちまち平太は二度目の絶頂に貫かれて喘ぎ、溶けてしまいそうな快感とともに、ドクンドクンとありったけの熱いザーメンをほとばしらせてしまった。

「ク……」

噴出を受け、喉の奥を直撃されながら恵理子は呻き、なおも摩擦と吸引、舌の蠢きを続行してくれた。

平太は勢いよくザーメンを脈打たせ、快感を噛み締めながら、心置きなく最後の一滴まで絞り尽くしていった。

満足しながら身を投げ出すと、彼女も動きを止め、亀頭を含んだまま口に溜ま

ったザーメンをゴクリと一息に飲み干してくれたのだった。

「あう……」

喉が鳴ると同時に口腔がキュッと締まり、彼は駄目押しの快感に呻いた。

ようやく恵利子もスポンと口を引き離し、なおも幹をしごいて余りを搾り、尿道口に脹らむ白濁の雫まで丁寧に舐め取ってくれたのだった。

「く……、も、もういいです、有難うございました……」

平太は過敏に幹を震わせ、腰をよじらせながら降参したのだった……。

5

「パソコンは慣れましたか？」

翌日、家を訪ねると利香が平太に言った。

午後は恵利子もジムだし、そのあと買い物をするので夕方まで一人だと言い、利香が呼んでくれたのである。

利香も、まさか平太が昨日、この同じ家の中で母親の恵利子とセックスしたなど夢にも思っていないだろう。

それを思うと禁断の興奮に、また平太はすぐにも利香にムラムラと激しく欲情してきてしまった。

招かれたのは、二階にある彼女の部屋である。窓際にベッド、手前に学習机と本棚、棚には女の子らしいぬいぐるみなども置かれている。

そして室内には、思春期の生ぬるい体臭が甘ったるく籠もっていた。

もちろん他に誰もいない家に彼を呼んだのだから、利香も幼い好奇心をいっぱいにさせているようだ。

「うん、すっかりキーを打つのも慣れて、今じいちゃんに聞いた思い出話を綴《つづ》っているところなんだ」

「そう、寝たきりのおじいさまは、元刑事だったと言うから面白い話も多いのね、きっと」

「うん、幼い頃のことからずいぶん聞いているから、かなり面白く書けそうなんだ」

平太は言ったが、実際は自分の記憶だから筆の進みも早かった。

それより、平太は早くも勃起してきた。

「ね、脱ごうか」

迫って言うと、利香も一瞬ビクリとしたが、すぐに頷いてブラウスのボタンを外しはじめてくれた。

平太も手早く全裸になり、先にベッドに横になった。

やはり枕には、十八歳の女子大生の匂いが悩ましく濃厚に沁み付いていた。

すると利香も、ためらいなく手早く最後の一枚を脱ぎ去った。

「ね、高校時代の制服、まだ持っている？」

「あるけど……」

彼が言うと、利香も全裸で答えた。

「着て見せて」

「入るかな……」

彼女は言いながらロッカーを開け、奥から高校時代のセーラー服を出した。そして、まずは濃紺のスカートを穿き、白い長袖のセーラー服を着込んだ。

襟と袖だけ濃紺で三本の白線が入り、白いスカーフを胸元でキュッと結ぶと、たちまち可憐な女子高生が現れた。

まあ今年の春までこれを着て通学していたのだから、十ヶ月余りならそれほどきつくもないだろう。

「わあ、すごく可愛いよ。こっちへ来て、ここに座って」

平太が言って自分の下腹を指すと、利香もベッドに上って素直に跨がり、座り込んでくれた。

ノーパンだから、彼の下腹に可愛い割れ目が密着し、急角度に勃起したペニスは彼女の腰を叩いた。

平太は両膝を立てて彼女を寄りかからせ、両足首を摑んで顔に引き寄せた。

「あん……」

利香は彼に全体重をかけて喘ぎ、バランスを取ろうと腰をくねらせるたび、濡れはじめた割れ目が擦り付けられた。

平太は彼女の両足の裏を顔に乗せ、温もりを感じながら舌を這わせ、指の股に鼻を割り込ませて嗅いだ。

やはりそこは汗と脂に湿って、ムレムレの匂いが濃厚に沁み付いていた。

彼は匂いを貪《むさぼ》り、爪先にしゃぶり付いて全ての指の間を舐め回した。

「あう、くすぐったいわ……」

利香が身悶えて呻くたび、密着する割れ目の潤いが増してくるようだった。

やがて両足とも、味と匂いが薄れるほど貪り尽くすと、彼は両足首を顔の左右に置いて手を引っ張った。

「じゃ顔に跨がって」

言うと利香も前進し、完全に和式トイレスタイルで彼の顔にしゃがみ込んだ。

M字になった脚がムッチリと張り詰め、ぷっくりと丸みを帯びた割れ目が鼻先に迫って生ぬるい匂いを漂わせた。

はみ出した陰唇が僅かに開き、ピンクの柔肉と光沢あるクリトリスが覗いていた。

「ああ、恥ずかしいわ……」

真下からの視線と息を感じて利香が喘いだが、実際は恵利子の方が羞恥心は激しく、利香は好奇心の方が大きいようだ。

平太は彼女の腰を抱き寄せ、柔らかな若草に鼻を埋め込んで嗅いだ。隅々には、生ぬるく蒸れた汗とオシッコ、そして恥垢のチーズ臭も馥郁《ふくいく》と混じって、悩ましく鼻腔を刺激してきた。

胸を満たしながら舌を挿し入れ、熱いヌメリを掻き回し、処女を失ったばかりの膣口から小粒のクリトリスまで、味わうようにゆっくり舐め上げていった。

「アアッ……、いい気持ち……」

利香がすぐにも喘ぎ、ヒクヒクと内腿を震わせた。

平太はチロチロと舌先で弾くようにクリトリスを舐めては、新たに溢れる清らかな蜜をすすった。

どうやら利香が濡れやすいのは、母親譲りだったようだ。

さらに大きな水蜜桃のような尻の真下に潜り込み、ひんやりして張りのある双丘を顔中に受け止めながら、谷間の蕾に鼻を埋めて嗅いだ。

ここも、蒸れた微香が籠もって悩ましく胸に沁み込んできた。

充分に嗅いでからチロチロと舌を這わせ、細かに震える襞を濡らし、ヌルッと潜り込ませて滑らかな粘膜を味わった。

「あう……」

利香が呻き、キュッと肛門できつく舌先を締め付けてきた。

平太は中で舌を蠢かせ、うっすらと甘苦い味覚を探ってから、再び割れ目に戻ってクリトリスに吸い付いた。

「あん、もうダメ……」

利香が言い、しゃがみ込んでいられなくなったように股間を引き離した。

平太が利香の頭に手をかけて股間に押しやると、彼女もすぐに移動し、彼の股間に顔を寄せてきたのだった。

6

「すごく硬くなって、先っぽが濡れてるわ」

利香が熱い視線を注ぎながら言うなり、チロッと尿道口を舐めてくれた。

「アア……、気持ちいい……」

平太が喘ぐと、利香も熱を込めて亀頭にしゃぶり付いてきた。

清らかな唾液に濡れた舌を滑らかにからませ、そのままスッポリと根元まで呑み込んで吸い付いた。

彼が股間を見ると、可憐な女子高生が一心不乱にペニスにしゃぶり付いている。

いけないことをしている思いが快感と興奮を高め、彼自身は利香の口の中で唾液にまみれ、最大限に膨張していった。

いけないことと言えば、堅物《かたぶつ》で頑固一徹だった自分が、昨日は母親を、今日はその娘に淫らなことをしているのである。

どうも平太の肉体を乗っ取ってからは、特に性欲が旺盛になっているようだ。

まあ我慢ばかりの人生だった自分を振り返り、その分を取り戻そうとしているのかも知れない。

平太がズンズンと股間を突き上げると、

「ンン……」

喉の奥を突かれた利香が呻き、自分も顔を上下させ、可憐な唇でスポスポとリズミカルな摩擦を繰り返してくれた。

「い、いきそう……、上から跨いで」

言うと利香もチュパッと口を引き離し、身を起こして前進してきた。

そしてスカートをめくって先端に割れ目を押し付け、位置を定めてゆっくり座り込んできたのだった。

もう挿入への恐れも痛みもないようで、たちまち彼自身は、きつい肉襞の摩擦を受けながら、ヌルヌルッと滑らかに根元まで嵌まり込んでいった。

「アアッ……！」

利香が顔を仰け反らせて喘ぎ、股間を密着させてキュッと締め上げてきた。

平太も感触と温もりを味わいながら、彼女の中でヒクヒクと歓喜に幹を震わせた。

両手を伸ばして利香を抱き寄せ、セーラー服をめくって可愛いオッパイを露出させた。

これも恵理子に似て、やがて豊かになってゆく兆《きざ》しがあった。

顔を上げてチュッと乳首に吸い付き、舌で転がすと、

「ああ……、いい気持ち……」

利香が喘ぎ、柔らかく張りのある膨らみを彼の顔中にギュッと押し付けてきた。

彼は左右の乳首を交互に含んで舐め回し、制服の内に籠もった甘ったるい体臭に噎せ返った。

さらに乱れたセーラー服に潜り込んで、ジットリ湿った腋の下にも鼻を埋め、何とも甘ったるい汗の匂いで鼻腔を満たした。

「あん、くすぐったいわ……」

利香がクネクネと身悶えて言い、溢れた愛液で互いの股間をヌラヌラと潤わせた。

平太も腋から這い出し、彼女の白い首筋を舐め上げてから、ぷっくりした唇にキスしていった。

グミ感覚の弾力と唾液の湿り気が伝わり、舌を挿し入れて滑らかな歯並びやピ

ンクの歯茎を舐めると、彼女も歯を開いて舌を触れ合わせてきた。

チロチロと蠢かせてからめると、生温かな唾液に濡れた舌が滑らかで美味しかった。

「もっと唾を出してね」

口を触れ合わせたまま囁くと、利香もトロトロと小泡の多い唾液を注ぎ込んでくれた。やはり若いぶんジューシーで、恵利子より多めに吐き出してくれた。

平太はうっとりと味わい、喉を潤しながら堪らずにズンズンと股間を突き上げはじめていった。

「ああッ……！」

利香が口を離して熱く喘ぎ、何とも甘酸っぱい果実臭の息を濃厚に弾ませた。

「痛くない？」

「ええ、いい気持ち……」

気遣って囁くと、早くも挿入感覚に慣れた利香が答えた。

それならと遠慮なく股間を突き上げ、平太は肉襞の摩擦と潤いの中でジワジワと絶頂を迫らせていった。

「ね、鼻水を吸い込んで痰《たん》を出して」

「無理よ、そんなこと……」

「じゃ空気を呑み込んでゲップを嗅がせて」

「それも無理」

「じゃ下の歯を、僕の鼻の下に引っかけて」

「こう……？」

言うと、利香がしてくれた。

ダメ元で無理な要求をして、してくれれば良し、無理なら徐々にレベルを下げていくという一種の外交手段のようである。

あるいは話題に緩急を付けるのも、犯人を自供に追い込むテクニックの一つで、昭一郎は今まで何人もの容疑者にゲロさせてきたのである。

とにかく、美少女の綺麗な下の歯並びが、彼の鼻の下に引っかけられ、利香は大きく口を開いて鼻を覆ってくれた。

「ああ、なんていい匂い……」

平太は利香の口の中を嗅ぎながら、うっとりと酔いしれ、ズンズンと股間を突き上げはじめた。

「アア……」

利香も近々と口を触れさせながら熱く喘ぎ、甘酸っぱい息を惜しみなく吐きかけてくれた。

果実臭の吐息ばかりでなく、唇で乾いた唾液の匂いや、下の歯の裏側の微かなプラーク臭も悩ましく混じり、彼は鼻腔を刺激されて、それだけであっという間に果てそうになっていった。

利香も喘ぎながら腰を上下させて動きを合わせ、何とも心地よい摩擦をリズミカルに繰り返してくれた。

「い、いく……！」

もう我慢できずに、平太は口走りながら、大きな絶頂の快感に全身を包み込まれてしまった。

同時に、ありったけの熱いザーメンがドクンドクンと勢いよくほとばしり、柔肉の奥深い部分を直撃した。

「あ、熱いわ……、感じる……！」

すると、噴出を受けた利香も声を上げ、飲み込むようにキュッキュッと膣内を収縮させたのだった。

「あう、気持ちいい……！」

平太はきつく締まる内部に刺激され、心ゆくまで快感を噛み締め、最後の一滴まで出し尽くしてしまった。

満足しながら突き上げを弱めていくと、

「アア……」

利香も声を洩らし、肌の硬直を解くとグッタリと力を抜いて体重を預けてきた。

何やら彼が済んだあとの反応も、どこか恵利子に似ていた。

しかし、まだ利香は本格的なオルガスムスを得たわけではなく、今日はほんの入り口だったろう。

それにしても成長が早く、これも母親似なのかも知れず、もう間もなく膣感覚での絶頂が得られることだろう。

平太は、セーラー服姿のままもたれかかる美少女の重みを受け止め、息づく膣内でヒクヒクと過敏に幹を脈打たせた。

そして利香の吐き出す熱い息の、悩ましい匂いを胸いっぱいに嗅ぎながら、うっとりと快感の余韻を味わったのだった。

7

「おお！　神成デカ長のお孫さんですか」

平太が編集部を訪ねると、定年間近な編集長の古葉《こば》が笑顔で迎えてくれた。

平太は初対面だが、実は昭一郎はよく知っている仲なのである。

かつて編集者と作家の刃傷沙汰があり、刑事事件として昭一郎が担当したのだった。死者は出なかったが、それ以来、昭一郎は古葉と飲み仲間になったのである。

出している雑誌が、戦中戦後をテーマにした思い出話やエッセーが多いので、平太は昭一郎の自伝を、一章の五十枚ほど書き上げて古葉に送ったのだ。

それで返事が来て、今日訪ねたのだった。

「いかがです。昭一郎さんは」

「ええ、呼吸器を着けて昏睡状態です」

「そうですか……」

「でも、祖父から細かに思い出話を聞いてメモしてありますので」

平太が言うと、古葉は彼の原稿をゲラにして出してくれた。

「読ませて頂きましたが、実に良かったです。何やら昭一郎さんご本人が書いているような気がしました」

古葉は大きく頷きながら言った。どうやら好感触のようだ。

「ええ、祖父の一人称の方が良いと思って、そのように書いてます」

「来月号からすぐ連載しましょう。これはゲラです。一回分は二十五枚ほどで結構ですので、これを二度に分けます。今後二十五枚ずつですが、大丈夫ですか」

「はい、時間はあるので大丈夫です。フリーですので」

平太も、喜びに胸を膨らませて答えた。

まさか、こんなすぐに採用の返事がもらえるとは思っていなかったのだ。

やはり時間をかけて一冊分書き上げるより前に、連載という形の方が楽だし、そのぶん収入にもなる。

「では、担当を紹介しましょう。以後は彼女と連絡を取ってもらいます」

古葉が言って一人の女性を呼んだ。

「よろしく。高尾《たかお》です。お原稿、読ませて頂きました」

彼女が名刺を渡して言う。見ると、高尾亜津子《あつこ》とあった。三十代前半の、颯爽たるスーツ姿のメガネ美女である。

「じゃ、外でいくつか確認したいことがありますので」

亜津子が言い、やがて平太は古葉に挨拶し、彼女と一緒に社屋を出た。

そして近所の喫茶店に入り、奥の席で差し向かいに座ってコーヒーを注文した。

「ずいぶん古風な文章を書くのですね。沢《いわ》んやとか、なきにしもあらずとか。神成さんはおいくつですか」

「三十です。つい祖父の口調をそのまま真似て書いているものですから」

「いえ、それが文章に良い雰囲気を出して、本人が書いているようです」

亜津子は言い、彼女は平太より三つ上の三十三歳で独身ということだ。

「で、内容ですが、もっと当時の風俗とか、映画や流行歌や吸っていたタバコの銘柄とか、細かな描写もあった方が良いですね」

「なるほど、陸士に入った頃はハワイマレー沖海戦の映画が人気で、タバコはほまれより金鵄《きんし》を吸っていました」

「きんしって、何ですか」

「戦時中ゴールデンバットは敵性語なので、金鵄と改められたんです」

「まあ……、本当に詳しいんですね」

「あ、いや、祖父から細かに聞いていましたので」

つい自分のことのように話してしまい、平太は気をつけようと思った。

亜津子がゲラに目を落として屈む時、つい胸の谷間が覗いてドキリとした。相当に巨乳で、プロポーションも良いようだが、メガネが知的で冷たい印象を与え、そのアンバランスさに魅力を覚えて彼は股間を熱くさせてしまった。

「では、士官学校の何期とか、そうしたことはこちらで確認しますので、あとは疑問点を書き込んでおきました」

「分かりました。家で読み直します」

平太は言ってコーヒーを飲み干した。

そして二人で店を出た時、いきなり目の前の歩道を一人の男が猛ダッシュで走ってきたのである。

「ひったくりです、捕まえて！」

女性の声がし、平太は咄嗟《とっさ》に足を掛け、男を転倒させていた。さらに男の背にのしかかって腕を逆に取り、持っていたバッグを奪い取った。

するとと女性が追いつき、さらには警官も駆けつけてきた。

「巡査長、わっぱ！」

咄嗟に階級章を見て平太が言うと、警官も目を丸くしながら手錠を出した。

「あ、有難うございました。大事なバッグなので」

追いついた女性が息を切らし、甘い匂いを漂わせて言った。見れば二十代半ばのボブカット、派手な化粧に服装で、芸術家のようだった。

「まあ、山岸《やまぎし》さん……」

「あ、高尾さん」

どうやらバッグを取られた彼女と亜津子は知り合いらしい。

「あ、あの、一緒に来て頂けますか」

警官が応援を呼び、犯人を引き立たせながら言った。

「いえ、急ぎますので。三人ともそこの社のものです」

亜津子が言い、山岸という女性と平太を促して喧騒を抜け出した。

「今度、神成さんのイラストを担当してもらおうと思っている山岸さんです」

「え……」

平太が驚くと、彼女も名刺を渡してきた。

それにはイラストレーター、山岸奈保美《なおみ》とある。

「彼女の絵で良いかどうか確認して下さい。私は社に戻りますので」

亜津子が言って去ると、

「じゃうちへ来て下さい。近くなので」

奈保美が言い、平太は甘い匂いに誘われるように、亜津子への興味を中断し、奈保美についていったのだった。

第四話　美女たちの萌え肌

1

「驚いたわ。原稿を読んだけど、こんな若い人だとは。私てっきりお爺《じい》さんが書いたものと思ってました」

奈保美のアトリエに入ると、彼女が平太に言った。

「ええ、祖父に聞いた話を、祖父の一人称で書いてますので」

平太は答え、室内に籠もる甘ったるく濃厚な匂いに股間が反応してしまった。

マンションの一室で、寝室の他はアトリエになっている。イラストレーターといっても、今はパソコンで描くため、室内に絵の具や油の匂いなどはしないのだった。

ボブカットでモダンな服を着た奈保美は、なかなかの美女であるが、やはり芸術家らしく少々風変わりだった。

アトリエにはペニスを模したオブジェがあるし、貼られた絵もセックスにまつわるものが多い。

どうやら雑誌からの依頼で描くものと、自分の個展の絵は違うようだ。

「それにしても、さっきの引ったくりを捕まえてくれて良かったわ。徹夜で仕上げたデータが入っていたから。さすがに刑事さんのお孫さんだわ」

奈保美は、まだ興奮醒めやらないように言って熱っぽく彼を見つめた。

通常はメールで送るようだが、今日は編集の亜津子と打ち合わせもあったらしい。だが亜津子が打ち合わせを後回しにし、データだけ受け取って、平太と奈保美を合わせる方を優先してくれたのだった。

「挿絵は、私で良いでしょうか」

奈保美が言い、平太の原稿用に描いたラフを出して見せてくれた。陸軍士官学校の制服なども、彼女は真面目に調べたようで、それほどの間違いもなかった。

「ええ、これでお願いします」

「良かったわ。お仕事が増えて。じゃこれで進めさせてもらいます」

奈保美は言ってラフをしまい、目をキラキラさせて身を乗り出してきた。

「ね、私は男性のアソコを描くのが好きなのだけど、モデルになってくれませんか?」

「え……」

言われて平太は驚いたが、もちろん嫌ではなく、股間が熱くなってきた。

「い、いいけど、綺麗な人に見られたら変化してしまうかも……」

「その方がいいんです。じゃこっちへ来て下さい」

奈保美は言って立ち上がり、スケッチブックを持って彼を寝室に招いた。

平太が寝室に入ると、さらに濃厚な女の匂いが生ぬるく立ち籠め、その刺激が股間に響いてきた。

部屋は狭く、真ん中にセミダブルベッドが据えられ、あとは壁掛けのテレビとクローゼットがあるだけだった。

「じゃ全部脱いで、寝て下さいね」

奈保美がスケッチブックを開いて言い、平太も手早く全裸になり、彼女の体臭が濃厚に沁み付いている枕とベッドに仰向けになっていった。

「わあ、もう勃ってるわ。私のこと好みですか？」

「え、ええ……」

奈保美が無邪気に言い、心の中は戦中派の平太は圧倒される思いだった。

「じゃ、まず描きますね」

奈保美は言って鉛筆を手に、手早くペニスを素描しはじめた。熱い視線が股間に注がれるたび、幹がピクンと反応してしまった。

まずは勃起したペニスを描き終えると、

「じゃ両脚を浮かせて抱えて下さい」

彼女が言い、平太も羞恥を堪えながら浮かせた両脚を抱え、オシメでも替えるような格好で尻を突き出した。

奈保美は正面に陣取り、今度はペニスだけでなく陰嚢や肛門まで描いているようだ。

時に顔を寄せ、陰嚢に糸くずでもあったかフッと息を吹きかけた。

「あう」

「ふふ、ごめんなさい」

彼が思わず呻くと、奈保美は妖しい笑みを浮かべて言った。しかし彼女の心根は窺い知れないが、スケッチだけは熱心に行い、様々な角度から念入りに描いていた。

見られているだけで平太は感じてしまい、触れられていないのに尿道口からは粘液が滲んできた。

やがて奈保美は気が済んだように顔を上げ、スケッチブックを閉じて置いた。

「さあ、済みました。じゃ私は急いでシャワーを浴びてきますね」

彼女が言うので、平太は慌てて止めた。

「あ、どうか今のままで」

どうせ始まるのだろうからと、彼は必死にいった。

「まあ、追い込みで忙しくて、ずいぶんシャワー浴びてないし、徹夜明けで今朝は歯磨きもしていないわ」

「そ、その方が燃えるので」

平太は期待と興奮に、ヒクヒクと幹を震わせてせがんだ。何しろ、こんな妖しいお人形のような美女の濃い匂いなら、求めない方がおかしいのだ。

奈保美は、顔立ちは美しくお洒落な方であるが、案外身体には無頓着な方だろうか。芸術家らしいアンバランスな個性というか、あるいは今現在彼氏がいない証しなのかも知れない。

「本当？　私も実は待ちきれないの。その代わり始まってしまったら勢いがついてしまうから、やっぱり臭いから洗ってこいなんて言わないで」

「ええ、絶対に言わない」

平太が答えると、奈保美もシャワーを断念し、手早く派手な衣装を脱ぎ去っていった。

アイシャドウと口紅は濃いが、一糸まとわぬ姿になった肢体は実に色白で滑らかだった。乳房も形良く豊かで、腰のラインも艶めかしく豊満である。

「スケッチさせてもらったお礼に、何でも言って下さいね。好きなようにしますから」

奈保美が言うと、平太も遠慮なく求めることにした。

「じゃ、ここに立って足の裏を僕の顔に」

「まあ、そんなことされたいの。変わった人好きだわ」

言うと彼女も目を輝かせて答え、ベッドに乗ってきた。そして仰向けの平太の顔の横にスックと立ち、壁に手を突いて片方の足を浮かせ、ためらいなくそっと足裏を顔に乗せてきた。

彼は美女の足裏を顔に受け、うっとりと感触を味わいながら舌を這わせはじめた。

ペディキュアの塗られた指先が、刺激にピクリと震えた。

2

「アア……、くすぐったくていい気持ち」

奈保美が熱く喘ぎ、たまにバランスを崩してキュッと平太の顔を踏んだ。

指の股に鼻を押し付けて嗅ぐと、そこは確かに汗と脂に生ぬるく湿り、ムレムレの匂いが濃く沁み付いていたが、反発を感じるほどではない。やはり動き回っておらず、座って仕事していたからだろう。

それでも充分すぎる濃度で、彼は蒸れた匂いを貪ってから爪先にしゃぶり付いた。

順々に指の股に舌を挿し入れて味わい、足を交代してもらうと、もう片方の足指も、平太は味と匂いを心ゆくまで貪り尽くしたのだった。

「じゃ跨いでしゃがんで」

言うと奈保美は彼の顔の左右に足を置くなり、和式トイレスタイルでしゃがみ込んでくれた。

スラリとした脚がM字になると、脹ら脛と内腿がムッチリと張り詰めて量感を増し、蒸れた股間が鼻先に迫ってきた。

見上げると、股間の丘の茂みは手入れしているのか、ほんの僅かだった。

割れ目からはみ出す陰唇はハート型に広がり、息づく膣口と光沢あるクリトリスを覗かせていた。

平太は腰を抱えて引き寄せ、淡い茂みに鼻を埋め込んで嗅いだ。

自分で言っていただけあり、そこは熱気と湿り気が濃厚に籠もり、甘ったるい汗の匂いが沁み付いていた。それに蒸れたオシッコの匂いが混じって、悩ましく彼の鼻腔を掻き回してきた。

「大丈夫?」

「うん、いい匂い……」

見下ろして囁く彼女に答え、平太は鼻腔を満たしながら舌を挿し入れていった。

ヌメリを掻き回すと、淡いヨーグルト系の味覚があり、膣口からクリトリスまで舐め上げていくと、

「アアッ……！」

奈保美が喘ぎ、ヌラヌラと新たな愛液を漏らしてきた。

平太は生ぬるいヌメリを貪り、ツンと突き立ったクリトリスをチロチロと舐め回してはチュッと吸い付いた。

「い、いい気持ち……」

奈保美が腰をくねらせて喘ぎ、体重をかけて座り込まないよう懸命に彼の顔の左右で両足を踏ん張った。

彼は味と匂いを堪能してから、白く丸い尻の真下に潜り込んだ。

そして顔中にひんやりした双丘を受け止めながら、谷間の蕾に鼻を埋め込んで嗅いだ。

さすがに洗浄機付きトイレで、あまり生々しい匂いは籠もっていなかったが、それでも蒸れた汗の匂いと、うっすらしたビネガー臭は感じられた。

平太は刺激を貪ってから、舌を這わせて細かな襞を濡らし、ヌルッと潜り込ませて滑らかな粘膜を味わった。

「あう……！」

奈保美が呻き、キュッと肛門で舌先を締め付けてきた。

彼が内部で舌を蠢かすと、割れ目から溢れた愛液が鼻の頭を生ぬるく濡らした。

舌を引き離すと、再び割れ目に戻って大量のヌメリをすすり、クリトリスに吸い付いていった。

「も、もうダメ……」

奈保美が言ってビクリと股間を引き離し、彼の顔から移動していった。

そして平太を大股開きにさせると、真ん中に腹這い、長い髪でサラリと股間を覆って中に熱い息を籠もらせた。

肉棒の裏側を舐め上げ、先端まで来ると幹に指を添え、粘液の滲む尿道口をチロチロと舐め回してくれた。

「ああ……」

今度は平太が喘ぐ番で、彼は身を投げ出して快感を受け止めた。

奈保美は先端を舐め回すと、まだ含まず幹を舐め降り、陰嚢にしゃぶり付いてきた。

舌で二つの睾丸を転がし、袋全体を生温かな唾液にまみれさせてくれた。

さらに彼の両脚を浮かせると、厭わず尻の谷間も舐め、自分がされたようにヌルッと潜り込ませてきたのだ。

「あう、気持ちいい……」

平太は妖しい快感に呻き、キュッと肛門で美女の舌先を締め付けた。

奈保美は熱い息を股間に籠もらせ、内部で舌を蠢かした。その内側からの刺激に、勃起したペニスがヒクヒクと上下した。

やがて彼女が舌を引き離すと彼の脚を下ろし、再び先端にしゃぶり付き、今度は丸く開いた口でスッポリと喉の奥まで呑み込んでいった。

生温かく濡れた口腔に根元まで納まり、平太は快感に幹を震わせた。

「ンン……」

奈保美は熱く鼻を鳴らし、幹を丸く締め付けると、上気した頬をすぼめて吸い付き、中で舌をからませた。

吸いながら引き抜く様子を見ると、美しい表情が口をモーッと突き出す変顔になり、平太の興奮が増した。

彼女は抜ける寸前で再び根元まで含み、同じように吸いながら引き抜き、次第にスポスポとリズミカルな摩擦を開始した。

「い、いきそう……」

平太もズンズンと股間を突き上げながら、すっかり高まって言うと、奈保美がスポンと口を離した。

「上から、いいかしら」

言うなり返事も待たずに前進し、唾液に濡れたペニスに跨がってきた。

そして先端に割れ目を擦り付けると、位置を定めて息を詰め、ゆっくり腰を沈み込ませていった。

たちまちペニスは、ヌルヌルッと滑らかな肉襞の摩擦を受けながら根元まで嵌《は》まり込んでいった。

「アア……、いいわ……！」

奈保美が顔を仰け反らせて喘ぎ、完全に座り込んだ。そして密着した股間をグリグリと擦り付け、味わうように締め付けた。

平太も温もりと感触に高まり、上体を反らせて悶える美女を見上げた。

やがて奈保美が身を重ねてきたので、平太も顔を上げてチュッと乳首に吸い付き、舌で転がしなら顔中に押し付けられる柔らかな膨らみを味わった。

もう片方も含んで舐め回し、さらに腋の下にも鼻を埋めると、スベスベの腋もジットリ汗ばみ、甘ったるい濃厚な体臭を籠もらせていた。

やがて奈保美がリズミカルに腰を遣いはじめ、溢れる愛液で動きを滑らかにさせていったのだった。

3

「アア、中が擦れて、いい気持ち……」

奈保美が声を震わせて喘ぎ、次第に動きを早めていった。

平太も両手でしがみつき、僅かに両膝を立てて尻を支えながら、下からピッタリと唇を重ねていった。舌を挿し入れて滑らかな歯並びを舐め回すと、彼女もヌラヌラと舌をからめてきた。

生温かな唾液に濡れた舌を味わいながら、彼もズンズンと股間を突き上げはじめると、

「ああ、いきそうよ……」

奈保美が口を離し、膣内の収縮を活発にさせながら喘いだ。

口から吐き出される息を嗅ぐと、基本は女らしく甘酸っぱい果実臭だが、やはり寝不足のせいか発酵臭のような刺激が混じり、濃厚に彼の鼻腔を掻き回してきた。

もちろん嫌になる寸前の微妙な濃度だから、むしろ平太はギャップ萌えの興奮に高まった。メイクの濃い妖しい美女の、こうした濃い匂いなど滅多に接することは出来ないだろう。

「鼻をしゃぶって……」

股間を突き上げながらせがむと、奈保美も唾液に濡れた口で彼の鼻を含み、ヌラヌラと舌を這わせてくれた。

平太は濃厚な匂いと舌の感触、唾液のヌメリと肉襞の摩擦で、たちまち昇り詰めてしまった。

「い、いく……！」

彼は突き上がる大きな絶頂の快感に口走り、熱い大量のザーメンをドクンドクンと勢いよくほとばしらせた。

「あう、熱いわ、いく……！」

すると奥深い部分に噴出を感じた奈保美も声を上ずらせ、ガクガクと狂おしいオルガスムスの痙攣を開始したのだった。

締め付けと収縮の中で、彼は心ゆくまで快感を味わい、美女の濃い吐息を嗅いで胸を満たしながら、最後の一滴まで出し尽くしていった。

すっかり満足しながら徐々に突き上げを弱めていくと、

「アア……、すごく良かった……」

奈保美も声を洩らし、肌の強ばりを解きながらグッタリと体重を預けてきた。

まだ膣内はキュッキュッと息づくように締まり、刺激されたペニスが過敏にヒクヒクと跳ね上がった。

そして平太は彼女の唾液と吐息の匂いを貪りながら、うっとりと余韻に浸り込んでいったのだった。

二人は重なったまま荒い息遣いを繰り返していたが、やがて奈保美がノロノロと身を起こし、股間を引き離した。

「もうシャワー浴びてもいいわね……」

言いながらベッドを降りたので、平太も一緒にバスルームへと移動した。

シャワーの湯で互いの全身を洗い流し、今さらながら奈保美もほっとしたようだった。

「ね、オシッコ出して……」

平太は床に座り込んで言い、目の前に奈保美を立たせた。そして片方の足を浮かせてバスタブのふちに乗せ、開いた股間に顔を埋め込んだ。

もう恥毛に籠もっていた濃厚な匂いは消えてしまったが、舌を這わせると新たな愛液が溢れてきた。

「いいの？　本当に出るわよ……」

奈保美は物怖じせず下腹に力を入れ、尿意を高めながら言った。

平太が舌を這わせていると、奥の柔肉が迫り出すように盛り上がり、温もりと味わいが変化してきた。

「あう、出ちゃう……」

彼女が言うなり、チョロチョロと熱い流れがほとばしり、平太の口に注がれてきた。

味も匂いも濃く、渋みや苦みも混じって彼はほんの少ししか飲み込めなかった。

それでも匂いは悩ましく股間に響き、溢れた分が胸から腹を温かく伝い、見る見る回復してきたペニスが心地よく浸された。

あまり溜まっていなかったか、一瞬勢いが増したが、すぐに流れは治まってしまった。

彼は余りの雫をすすり、残り香の中でクリトリスを舐め回したが、奈保美は脚を下ろして座り込んでしまった。

もう一度互いにシャワーの湯を浴びると、立ち上がって身体を拭き、全裸のまま二人で部屋のベッドに戻った。

「もう勃ってるの？　もう私は充分」

横になった彼の股間を見ながらも、奈保美は添い寝してきた。

「指でして……」

平太が言うと、奈保美も彼に腕枕し、もう片方の手でペニスを握り、リズミカルにしごいてくれた。

彼も快感を高めながら、また奈保美の口に鼻を押し付け、濃厚な吐息の匂いに絶頂を迫らせていった。

「嫌な匂いしない？」

「うん、濃い刺激がちょうどいい」

「まあ……」

羞じらいながらも奈保美は惜しみなく吐息と唾液を与えてくれ、巧みにペニスをしごき続けた。

「ね、いくときは飲ませて」

すると奈保美が囁き、その言葉で彼は急激に高まった。

「い、いく……！」

平太が言うなり、奈保美は素早く顔を移動させて亀頭にしゃぶり付いた。そして舌をからめながら、濡れた口でスポスポと圧搾《あっさく》してくれた。

「アアッ……！」

平太は喘ぎ、たちまち二度目の絶頂を迎えてしまった。溶けてしまいそうな快感とともに、ありったけのザーメンを勢いよくほとばしらせると、

「ク……、ンン……」

喉の奥を直撃された奈保美が小さく呻き、噴出を受け止めながら余りを吸い出してくれ、さらに指先でサワサワと陰嚢まで愛撫してくれたのだった。

「あう、気持ちいい……」

平太は、至れり尽くせりの刺激に呻き、快感を味わいながら心置きなく最後の一滴まで出し尽くしていった。

やがて満足しながらグッタリと身を投げ出すと、奈保美も指を離して吸引を止め、亀頭を含んだまま口に溜まったザーメンをゴクリと一息飲み干してくれた。

「く……」

喉が鳴ると同時に口腔がキュッと締まり、彼は駄目押しの快感に呻いてピクン

と幹を震わせた。

ようやく奈保美もスポンと口を引き離し、なおも幹をしごいて、尿道口から滲む白濁の雫まで丁寧に舐め取ってくれた。

「も、もういい、どうも有難う……」

平太は過敏にヒクヒクと幹を震わせながら腰をよじって言うと、やがて彼女が舌を引っ込めてくれたのだった。

4

「ええ、ゲラはこれでいいわ。あとは続きをお願い」

翌日の昼過ぎにも、平太はチェックしたゲラを編集部に持ってゆき、担当の亜津子と会っていた。

彼女はゲラをしまい、どうやら新連載は順調に開始されそうで、これにてようやくニートを抜け出せそうだった。

と、亜津子が身を乗り出してきた。

「昨日、奈保美さんに何かされなかった？」

「え？　いえ……」

亜津子が、メガネの奥から悪戯っぽい目で彼を見つめて囁いたが、もちろん平太はとぼけた。

「そうね、何かあっても言うような男じゃなさそうだわ」

亜津子は言い、さらに熱っぽい眼差しを向けた。

「私とはどう？　あなたは何だか他の男と違う不思議な雰囲気を持ってるのよ」

「ど、どうって、社を出られるんですか」

「ええ、行きましょう」

脈ありと見たか、すぐにも亜津子は立ち上がり、応接室を出た。そして自分のデスクにゲラを置くと、彼を促して社屋を出た。

「すぐそこ」

亜津子が指すと、駅裏にラブホテル街が見えた。もちろん平太もゾクゾクと淫気を湧かせ、股間を熱くさせながら足早に彼女とそちらへ向かった。

やがて手近にあったラブホテルに入り、亜津子がてきぱきと部屋を選んでフロントで支払いしてくれた。

エレベーターで上がり、密室に入ると平太は激しく勃起してきた。

昨日に続き、颯爽たる知的なメガネ美女と出来るのだ。

「じゃ、急いでシャワー浴びるわね」

「あ、僕は朝シャワーして来ましたので、どうかそのままで」

彼女が言うので、もちろん平太は引き留めて自分から脱ぎはじめた。

「まあ、そんなに待てないの？」

「匂いがないと興奮しないもので」

「ゆうべお風呂に入ったきりよ。今日の昼食後に歯磨きもしていないから、それだけでも」

「わあ、今のままがいいです」

さっさと全裸になりながら勢い込んで言うと、亜津子も諦めたように小さく嘆息し、黙々と脱ぎはじめてくれた。

平太は先にベッドに横になり、照明も程よく調整しながら、見る見る肌を露わにしてゆく亜津子を眺めた。

乳房は豊かで形良く息づき、解放された熱気が甘ったるく室内に立ち籠めはじめた。

あとで聞くと三十三歳の亜津子はバツイチで子はなく、今は仕事に熱中しているが相当に欲求も溜まっているようだった。

「あ、メガネはそのままで」

彼が言うと、亜津子は最後の一枚を脱ぎ去って添い寝してきた。

平太は、すぐにも甘えるように腕枕してもらい、腋の下に鼻を埋めて嗅ぎながら巨乳に手を這わせていった。

「アア、年下の子って初めてよ……」

亜津子が息を弾ませて言ったが、実際の平太は、彼女より六十年も長く生きているのである。

生ぬるくジットリ湿った腋の下は、甘ったるい汗の匂いが籠もり、巨乳も張りがあって弾むような感触だった。

平太は腋に鼻を擦りつけて美女の体臭を貪り、指の腹で乳首をクリクリといじった。

そして移動してチュッと乳首に吸い付き、舌で転がしながら顔中を押し付けて膨らみを味わうと、

「ああ……、いい気持ち……」

亜津子が彼の髪を撫で回しながら、クネクネと悶えて熱く喘いだ。

平太はのしかかって左右の乳首を交互に含んで舐め回し、やがて滑らかな肌を舐め降りていった。

形良い臍を舌先で探り、弾力ある下腹に耳を押し当てると微かな消化音が聞こえた。

そして腰のラインからムッチリした太腿をたどり、足首まで舐め降りると、脛にあるまばらな体毛が何とも艶めかしかった。

足裏に回り込んで舌を這わせ、指の間に鼻を割り込ませて嗅ぐと、やはりそこは汗と脂に生ぬるく湿り、蒸れた匂いが濃く沁み付いていた。

充分に嗅いでから爪先をしゃぶり、順々に指の股に舌を挿し入れて味わうと、

「あう、ダメ……！」

亜津子がビクリと脚を震わせて呻いた。ここは、あまりしゃぶられたことがないのかも知れない。

平太は両足とも、全ての指の間を貪り尽くし、美女の足の味と匂いを堪能した。

そして大股開きにさせ、脚の内側を舐め上げて、白く滑らかな内腿をたどり、熱気と湿り気の籠もる股間に顔を進めていった。

股間の丘には黒々と艶のある恥毛が、程よい範囲に茂り、割れ目からはみ出し

た陰唇がヌラヌラと愛液に潤っていた。

指で広げると、濡れた膣口が妖しく息づき、小指の先ほどもあるクリトリスが真珠色の光沢を放ち、愛撫を待つようにツンと突き立っていた。

艶めかしい眺めに吸い寄せられるように、平太はギュッと顔を埋め込んでいった。

柔らかな茂みに鼻を擦りつけて嗅ぐと、蒸れた汗とオシッコの匂いが籠もり、悩ましく鼻腔を刺激してきた。

舌を挿し入れるとヌメリは淡い酸味を含み、彼は息づく膣口の襞を掻き回し、味わいながら柔肉をたどり、ゆっくりとクリトリスまで舐め上げていった。

「アアッ……！」

亜津子がビクッと顔を仰け反らせて喘ぎ、内腿でキュッときつく彼の両頬を挟み付けてきた。

平太は腰を抱え込み、チロチロと舌先で弾くようにクリトリスを舐めると、愛液の量が格段に増してきた。

さらに亜津子の両脚を浮かせ、白く豊満な尻に迫り、谷間に閉じられた可憐なピンクの蕾に鼻を埋め込んだ。

蒸れた匂いが悩ましく籠もり、彼は鼻腔を満たしてから舌を這わせ、細かに収縮する襞を濡らして、ヌルッと潜り込ませて滑らかな粘膜を探った。

「あう……！」

亜津子が息を詰めて呻き、キュッと肛門で舌先をきつく締め付けてきた。

5

「ダメ、そんなところ……」

中で舌を蠢かすと亜津子が喘いだが、鼻先にある割れ目からはトロトロと新たな愛液が漏れてきた。

ようやく平太も舌を引き離して脚を下ろしてやり、唾液に濡れた蕾に左手の人差し指を浅く潜り込ませ、膣内には右手の二本の指を挿し入れ、さらにクリトリスに吸い付いていった。

「あぁッ……！」

最も敏感な三カ所を攻められ、亜津子が激しく仰け反って喘いだ。

彼がそれぞれの穴の中で小刻みに指を蠢かせ、内壁を擦りながらクリトリスを舐め回すと、どちらも指が痺《しび》れるほどきつく締め付けてきた。

特に膣内の天井にあるGスポットを指の腹で探ると、

「ダメ、いく……、アアーッ……！」

たちまち亜津子がオルガスムスに達して声を上げ、ピュッと射精するように潮を噴きながら喘いだ。

しばしガクガクと痙攣していたが、やがて失神したようにグッタリとなったので、平太も舌を引っ込め、前後の穴からヌルッと指を引き抜いた。

膣内にあった二本の指の間は愛液が膜を張るほどで、攪拌《かくはん》されて白っぽく濁った粘液にまみれていた。指の腹は湯上がりのようにふやけてシワになり、淫らに湯気さえ立てていた。肛門に入っていた指に汚れの付着はなく、爪にも曇りはないが、ほのかな微香が感じられた。

平太は股間から這い出して添い寝し、亜津子が平静に戻るまで待った。

彼女の口に鼻を寄せて荒い呼吸を嗅ぐと、花粉のような甘い刺激に、昼食の名残か淡いオニオン臭も混じり、その刺激がゾクゾクと胸を掻き回してきた。

やはり美女の匂いは、ケアしておらず濃い方が興奮するものだ。

「ああ……、指でいくなんて初めてよ……」

徐々に呼吸を整わせながら、亜津子がか細く言った。

そして自分から手を伸ばし、彼の股間を探ってきた。

勃起した幹をやんわりと包んでニギニギと動かし、やがて移動して彼の股間に熱い息を籠もらせてきた。

握りながら、粘液の滲む尿道口にヌラヌラと舌を這わせ、張り詰めた亀頭をくわえると、そのままスッポリと喉の奥まで呑み込んでいった。

「アア……」

平太も仰向けの受け身体勢になり、快感に喘いだ。

亜津子は幹を締め付けて吸い付き、口の中で満遍《まんべん》なく舌をからめてきた。

股間を見ると、知的なメガネ美女がお行儀悪くペニスにしゃぶり付き、音を立てて吸っているのだ。

さらに彼女が顔を上下させ、濡れた口でスポスポと摩擦してきた。

「い、いきそう……」

すっかり高まった平太が言うなり、亜津子はスポンと口を引き離し、添い寝してきた。

「入れて……、中に出して構わないわ」

彼女が言い、平太も入れ替わりに身を起こした。

「じゃ最初は後ろからね」

平太が言って亜津子をうつ伏せにさせると、彼女も素直に四つん這いになり、尻を突き出してきた。

彼は膝を突いて股間を進め、唾液に濡れた先端をバックから膣口に挿入していった。

ヌルヌルッと一気に根元まで貫くと、

「アアッ……！」

亜津子が顔を伏せて喘ぎ、キュッときつく締め付けてきた。

平太は股間に密着して弾む尻の丸みを味わい、温もりと感触にうっとりとなった。

腰を前後に突き動かしながら覆いかぶさり、両脇から回した手で巨乳を揉みしだくと、彼女も尻をくねらせて動かしはじめた。

しかし、尻の感触は良いが、やはり顔が見えないので物足りなく、やがて彼は身を起こしていったん引き抜いた。

「横向きになってね」

平太が言って彼女を横向きにさせると、上の脚を真上に持ち上げ、下の内腿に跨がって松葉くずしで再び挿入していった。

上の脚に両手でしがみつくと、互いの股間が交差して密着感が高まり、膣内のみならず擦れ合う内腿も心地よかった。

「ああ、もっと……！」

亜津子も夢中になって身悶えたが、また彼は引き抜いて彼女を仰向けにさせ、今度は正常位で深々と挿入していった。

「アア、もう抜かないで……」

亜津子が喘いで言い、両手で彼を引き寄せた。平太も脚を伸ばして身を重ね、胸で巨乳を押しつぶし、ズンズンと腰を突き動かしはじめた。

「あう、すぐいきそう……」

亜津子が声を上ずらせて、股間を突き上げてきた。

さっき舌と指で果てたばかりだが、やはり挿入されて一体となる快感は別物のようだ。

平太はのしかかりながら、彼女の白い首筋を舐め上げ、上からピッタリと唇を重ねていった。

「ンン……」

亜津子も熱く鼻を鳴らし、ネットリと舌をからめてきた。

メガネのフレームが彼の顔に触れ、熱い息が混じり合ってレンズが曇った。

膣内も収縮が活発になり、大量の愛液が動きを滑らかにさせて。揺れてぶつかる陰嚢も生温かく濡れ、律動に合わせてクチュクチュと湿った摩擦音が響いた。

「い、いく……、アアーッ……！」

たちまち亜津子が口を離し、淫らに唾液の糸を引きながら顔を仰け反らせて喘いだ。

同時に膣内の収縮が最高潮になり、彼女はガクガクと狂おしく腰を跳ね上げてオルガスムスに達してしまった。

平太も、彼女の吐き出す悩ましい息の匂いに高まり、肉襞の摩擦の中で激しく昇り詰めていった。

「く……！」

快感に呻き、熱い大量のザーメンをドクンドクンと勢いよく注入すると、

「あう、もっと……！」

噴出を感じた亜津子が駄目押しの快感に呻き、収縮を強めて悶え続けた。

平太は心置きなく最後の一滴まで出し尽くし、満足しながら徐々に動きを弱めていくと彼女も力尽きてグッタリと身を投げ出していったのだった。

彼は息づく膣内でヒクヒクと過敏に幹を震わせ、悩ましく濃厚な吐息を嗅ぎながら、うっとりと快感の余韻を味わったのだった。

6

「ね、オシッコするところ見たい」

バスルームで身体を流し合ってから、平太は床に仰向けになって亜津子に言った。

やはりバスルームがあるのだから、オシッコまで求めるのは彼の常識である。

奈保美のマンションの狭い洗い場では無理だったが、ラブホは広いので横たわることが出来た。

「恥ずかしいけど、出そうよ。こう？」

亜津子も余韻から覚めたものの、まだ興奮がくすぶっているように、ためらいなく跨がってくれた。

「身体にかけられたいの？」

「もっと前に、ここで」

胸にしゃがみ込んだ亜津子の手を引き、彼は前進させて顔に跨がらせた。

「ああ、顔にするの？　出るかしら……」

亜津子は羞恥を高めて言いながらも、懸命に下腹に力を入れて尿意を高めてくれた。

平太は真下から割れ目に舌を這わせた。

体臭は薄れてしまったが、すぐにも新たな愛液が溢れ、淡い酸味のヌメリで舌の動きが滑らかになった。

「あう、出そうよ。口に入るわ……」

亜津子は言ったが、彼が腰を押さえてクリトリスに吸い付くので、とうとう漏れてきてしまった。

「アア……、ダメ……」

声を震わせながらチョロチョロと熱い流れをほとばしらせ、平太は口に受けながら味わった。

仰向けなので噎せないように注意しながら喉に流し込むと、味も匂いも淡く控えめで抵抗なく飲み込めた。

「ああ、バカね、飲んだりして……」

亜津子は言いながらも止めようがなく、ますます勢いを付けて放尿しはじめた。

口から溢れた分が温かく頬を伝い、耳にも入ってきた。

「変な気持ち……」

亜津子は息を弾ませ、かなり長く延々と出し続けた。平太も匂いと温もりに酔いしれ、すっかりムクムクと回復し、元の硬さと大きさを取り戻してしまった。

ようやく流れが治まると、彼は残り香の中で余りの雫をすすり、舌を這わせた。

すると新たな愛液が混じり、次第に残尿よりヌメリの方が多くなった。

「も、もうダメ……」

亜津子が股間を引き離すと、平太も身を起こした。もう一度シャワーの湯を浴び、身体を拭いてベッドに戻った。

彼の勃起を知り、亜津子ももう一度する気になったようだ。

「今度は上から跨いで入れて」

平太が仰向けになって言うと、まず亜津子は屈み込んで亀頭にしゃぶり付き、たっぷりと唾液にまみれさせてくれた。

そして身を起こして跨がり、先端を割れ目に当てながらゆっくり座り込んで、ヌルヌルッと根元まで受け入れていった。

「アア……、いい気持ち……」

亜津子が完全に座り込み、顔を仰け反らせて喘ぎながら、密着した股間をグリグリと動かしてきた。

そして身を重ねると、平太も両手でしがみつき、両膝を立てて豊満な尻を支えた。

すると亜津子が、すぐにも腰を動かし、リズミカルな摩擦を開始してくれた。

平太もズンズンと股間を突き上げ、動きを合わせていった。

大量の愛液が溢れ、ピチャクチャと淫らな音が響きはじめた。

「ああ、またすぐいきそうよ……」

亜津子が喘ぎ、収縮を強めてきた。

「ね、唾飲みたい」

「何でも飲みたがるのね……」

下からせがむと、亜津子が呆れたように言いながらも、懸命に唾液を分泌させ口に溜めた。そして形良い唇をすぼめて迫り、白っぽく小泡の多い粘液をトロトロと吐き出してくれた。

それを舌に受けて味わい、飲み込んでうっとりと酔いしれた。

「本当、中で悦《よろこ》んでるわ……」

ペニスの震えを感じて亜津子が言った。

「顔中もヌルヌルにして……」

平太が言うと、亜津子も唾液を垂らして舌で塗り付けてくれた。

連日、同じ行為を別の女性にしてもらうのは何とも贅沢なことである。

平太は美女の唾液と吐息の匂いに包まれ、収縮する肉襞の摩擦の中で、あっという間に昇り詰めてしまった。

「い、いく……！」

突き上がる絶頂の快感に口走り、彼はありったけのザーメンをドクンドクンと勢いよく内部にほとばしらせた。

「あう、感じるわ、ああーッ……！」

熱い噴出を感じた途端、亜津子も声を上ずらせ、ガクガクと狂おしいオルガスムスの痙攣を開始したのだった。

彼自身は、収縮する膣内で揉みくちゃにされながら快感を味わい、心置きなく最後の一滴まで出し尽くしていった。

満足しながら突き上げを弱めていくと、

「アア、もうダメ……」

亜津子も肌の硬直を解いて口走り、グッタリと遠慮なく彼に体重を預けてきた。

力を抜いてもたれかかると、平太は重みと温もりを味わい、まだ息づく膣内でヒクヒクと過敏に幹を震わせた。

そして花粉臭の刺激の吐息を間近に嗅ぎ、悩ましく濃厚な匂いで鼻腔を掻き回されながら、うっとりと快感の余韻に浸り込んでいったのだった。

7

（あれ？　あの人は誰だろう……）

スポーツジムで、平太は何かと視線の合う女性を見て思った。

三十代半《なか》ばで主婦らしい人だが、ぽっちゃりしてなかなかの美形である。挨拶したことはなく、知らない女性であった。

まあ主婦が主流のジムだから男の会員は少なく、それで一目惚れでもされたのかも知れない。

それでも彼女は運動しておらず、私服で隅のベンチに座っているだけだ。

平太はいろいろ思ううち、股間が反応してきそうになるのを必死に押さえながらストレッチを続けた。

すると、そのうちに彼女の姿が見えなくなったので、どうやらいつの間にか帰ってしまったようだった。

それで平太は彼女のことを忘れ、今日の運動を終え、風呂に入ってからジムを出ることにした。

「平太君、少しいいかしら」

すると待っていたように、恵利子が声をかけてきた。利香の母親で、三十九歳の美熟女である。

恵利子とは、今日は顔を合わせなかったのでジムの運動はしなかったのだろう。

「ええ、いいですよ」

「じゃ、そこでお茶でも」

平太が答えると、恵利子はジムの脇にある喫茶店に彼を誘った。

向かい合わせに座り、コーヒーを頼んだ。

「実は私のお友達で、どうしてもエッチしてみたいという人がいるのよ」

「え？　僕とですか？」

恵理子の意外な言葉に、平太は目を丸くして答えた。

「そうなの。その人は三十五歳で子持ちの主婦なのだけど、ご主人の仕事が忙しくて出張も多く、赤ちゃんが出来たせいもあって最近はめっきりエッチも少なくなって」

恵理子が言う。よくありそうな話だ。

「それで相談されたのだけど、平太君は若いし精力も旺盛だから、どうかなと思って、彼女に言ってみたのよ」

「そうですか。もしかしてジムの隅のベンチにいた、グラマーな美女ですか」

平太は、さっき何かと目が合った女性を思い出して言った。

「ええ、気がついたの？　彼女は麻生真知子《あそうまちこ》さんといって、あなたを見てすっかり気に入ったと言って帰っていったわ」

「そうですか」

平太は、淫らな期待に胸と股間を脹らませて答えた。

しかし、恵利子にしてみれば知り合いに平太を譲り渡す形になるが、それで良いのだろうか。

それほど恵利子は平太に執着していないのかもしれない。それならそれで、自分が性欲解消の道具のように扱われることに、妖しい興奮が湧いた。

あるいは、それだけ恵利子と真知子は親しい間柄なのかも知れない。

「じゃ、明日の午後いいかしら。私の家で」

「いいですけど、お宅で？」

場所まで提供することに、平太は怪訝《けげん》に思って訊いた。

「ええ、実はもう一つ相談なのだけど、真知子さんはすごく引っ込み思案で、今までご主人しか知らないし、男女の二人きりはあまりに不安だというので、それで私の家に決めたのよ」

「はあ……」

「実は私と彼女は、ジムで知り合ってからこの半年ばかり、女同士の関係にあるの」

「うわ……！」

意外すぎる話に、平太は度肝《どぎも》を抜かれて声を洩らした。

「もちろん女同士でペニスがないから、バイブも使ったことがあるわ。でも生身のペニスは、ご主人以外初めてなので、ずいぶん緊張しながらも楽しみにしているみたい」

「すごい……」

平太は、上品な恵利子の口から女同士やペニスなどという話題が出て、痛いほど股間が突っ張ってきてしまった。

「だからお願い、明日は私も一緒に立ち合うことになるけど」

「さ、3P……」

「いいかしら」

「い、いいなんてもんじゃないです。じゃ何でもお二人の言いなりになりますので」

平太は、さらに期待を高めて答えた。

「ああ、良かった。真知子さんも喜ぶわ」

「その代わり、僕からもお願いが」

「まあ、何かしら」

彼が言うと、恵利子が小首を傾げて訊いてきた。

「お二人とも、今夜も明日もシャワーと歯磨きはしないで来るようにお願いします」

「え……、そんな……」

恵利子は、頬を上気させながら困ったように言葉を途切らせた。

「だ、だって、嫌な匂いがしたらどうするの」

「もっと好きになります。僕は匂いが濃い方が燃えるので。彼女にも伝えて、約束してくれますか」

「い、いいわ。平太君が、どうしてもそうしろと言うなら……」

恵利子も納得し、頷いてくれた。

「ね、すごく勃っちゃった。今日これからどこかへ行けませんか……？」

平太は股間を押さえながら、甘えるように哀願した。

「今日はダメ。明日のために、あなたも夜にオナニーしたりしないで、うんと性欲を溜めてきてね」

恵理子が言い、彼女の発するオナニーという言葉にまた反応してしまった。

「わ、分かりました。じゃ明日を楽しみに、今日はもう我慢します……」

平太が答えると、やがて二人はコーヒーを飲み干し、喫茶店を出てから左右に別れて解散したのだった。

帰宅した平太は、すごいことになったなと思いつつ、気を紛らせるように原稿の続きに専念した。

そして夕方に両親が医院を引き上げて母屋に戻ると、彼も階下へ降り、夕食前に離れの昭一郎の様子を見た。

相変わらず、本来の自分は呼吸器を着けて昏睡し、その中にいる孫の平太も、よほど居心地がいいのか眠り続けている。

(済まないな。僕ばかり良い思いをして)

平太は、自分自身の肉体と、その心に住んでいる孫に言い、やがて食堂へ行って両親、つまり彼自身の息子夫婦と夕食を済ませたのだった。

その夜は遅くまで昭一郎の自伝原稿にかかり、寝しなのオナニーも我慢してベッドに横になった。

楽しみでなかなか寝つけなかったが、やがて彼は深い眠りに就き、翌朝も快適に目覚めたのだった。

そして朝食を済ませて原稿に戻り、昼前に切り上げて昼食を終え、シャワーを浴びて歯を磨いた。自分だけは、清潔にしておかなければならない。

やがて平太は家を出て、恵利子の家を訪ねた。利香は大学へ行っているし、相変わらず恵利子の夫は長期出張中だった。

「良く来てくれたわ。真知子さんも待っているの」

恵利子が出迎えて言い、ほんのり漂う甘い匂いに、平太はすぐにもムクムクと勃起してきてしまった。

「お茶でも飲む？」

「いいえ、僕は綺麗に洗ってきましたので、すぐでも」

「まあ、自分だけ綺麗にしてずるいわ」

恵理子が言い、やはり自分も期待に気が急くように、彼を夫婦の寝室に招いた。

するとそこに、頬を上気させ熱っぽい眼差しで彼を見つめる、真知子が待っていたのだった。

第五話　二人がかりの淫欲

1

「よろしくお願いします。神成平太です」

「ええ、真知子です……」

平太が期待を込めて挨拶すると、真知子は視線を落として小さく答えた。

確かに引っ込み思案で、相当に緊張しているらしく、甘ったるい汗の匂いが感じられた。

しかしグラマーで美人の三十五歳である。

しかも、三十九歳の熟れた恵利子も一緒なのだ。

「じゃ、挨拶は終わりにして、脱いでしまいましょう」

恵利子が言って、自分からブラウスのボタンを外しはじめた。

平太も期待に勃起しながら手早く脱ぎ、先に恵利子のベッドに横になり、枕に沁み付いた甘い匂いに刺激されてヒクヒクと幹を震わせた。

モジモジしていた真知子も、いったん脱ぎはじめるともうためらいなく、たちまち最後の一枚まで脱ぎ去ったので、よほど欲求が溜まっていたのだろう。

恵利子も一糸《いっし》まとわぬ姿になり、寝室内には二人の美熟女の混じり合った体臭が生ぬるく立ち籠めた。

「じゃ、最初は二人が好きにするので、平太君はじっとしていてね」

恵理子が言い、真知子と一緒に彼に迫り、左右から挟み付けるように身を寄せてきた。

そして、二人は同時に屈み込み、彼の左右の乳首にチュッと吸い付いてきたのである。

「あう……」

平太は唐突な快感に呻き、ビクリと身を強ばらせた。

二人も熱い息で肌をくすぐりながらチロチロと乳首を舐め回し、強く吸ってくれた。

「アア、嚙んで……」

悶えながら言うと、二人も綺麗な歯並びでキュッと乳首を嚙んでくれた。

「く、もっと強く……」

さらにせがむと、二人もやや力を込めてくれ、さらに脇腹を舐め降り、ときにキュッと歯を立ててきた。

そして肌を下降し、二人は申し合わせていたように交互に臍を舐め、腰から太腿、脚を舐め降りていったのだった。

足首まで降りると、二人は同時に彼の足裏にも舌を這わせ、爪先にしゃぶり付いてきたのだ。

「あう、そんなことしなくていいのに」

平太は、申し訳ないような快感に呻いたが、二人は別に彼を感じさせるためではなく、若い男を賞味しているのだった。

全ての指の股にヌルッと舌が割り込むと、彼は何やら生温かなヌカルミでも踏んでいるような心地よさを覚えた。

二人はしゃぶり尽くすと、彼を大股開きにさせ、脚の内側を舐め上げてきた。

内腿にも舌が這い、たまにキュッと歯が食い込むと、平太は二人の熟れた美女に食べられているような快感と興奮を得た。

そして二人が頬を寄せ合うと、混じり合った吐息が熱く股間に籠もった。

すると恵利子が彼の両脚を浮かせ、先にチロチロと肛門を舐め、ヌルッと潜り込ませてきたのだ。

「く……！」

平太は妖しい快感に呻き、キュッと肛門で恵利子の舌先を締め付けた。

彼女は熱い鼻息で陰嚢をくすぐり、内部で舌を蠢かせた。内側から刺激されるように、勃起したペニスがヒクヒクと上下した。

やがて恵利子が舌を引っ込めると、すぐに真知子も同じように舐め回し、潜り込ませてきた。

「ああ……」

平太は、微妙に異なる感触と温もり、蠢きに喘ぎながらモグモグと肛門で舌先を締め付けた。

ようやく真知子が舌を引き離して脚が下ろされると、二人は同時に陰嚢にしゃぶり付き、それぞれの睾丸を舌で転がしてきた。

これも実に大きな快感で、二人がかりというのは相当に興奮するものだった。

二人もレズ関係にあったというだけあり、女同士の舌が触れ合っても気にならず、たちまち陰嚢全体はミックス唾液に生温かくまみれた。

いよいよ二人が身を乗り出し、屹立したペニスに熱い視線を注いできた。

「どう、ご主人以外のペニスを初めて見て」

「ええ、若くて綺麗な色……」

恵利子が訊くと、真知子も堂々と肉棒に熱い視線を這わせて答えた。

そして付け根から、裏側と側面に滑らかな舌が這い上がってきたのである。

二人の舌が同時に先端に達し、粘液の滲む尿道口を代わる代わるチロチロと舐め回してきた。

「アア……」

平太は身を反らせて喘ぎ、二人の鼻先で幹を震わせた。

すると先に恵利子が張り詰めた亀頭にしゃぶり付き、スッポリと喉の奥まで呑み込み、幹を丸く締め付けて吸った。

口の中ではクチュクチュと舌がからみつき、たちまち彼自身は美熟女の生温かな唾液にどっぷりと浸った。

「ああ、気持ちいい……」

平太は快感に喘ぎ、恵利子の口の中でヒクヒクと幹を震わせた。

すると彼女は、上気した頬をすぼめてチューッと強く吸い付きながら、スポンと引き離した。

すかさず真知子も亀頭を含み、モグモグと根元まで呑み込んで吸い付き、熱い鼻息で恥毛をくすぐりながら舌を蠢かせた。

二人の舌が立て続けに肛門に潜り込んだ時も感じたが、今も、続いてしゃぶられると口腔《こうこう》の温もりや感触、舌遣いの感覚が微妙に違い、いかにも二人にされているという実感が得られた。

「ンン……」

真知子は喉の奥まで含んで熱く鼻を鳴らし、同じように吸い付きながらスポンと引き離した。

すると再び恵利子が舌を這わせ、今度は二人がかりで亀頭をしゃぶり、交互に含んではスポスポと摩擦した。

「い、いきそう……」

平太は夢のような快感に高まり、もうどちらの口に含まれているか分からないほど朦朧となりながら絶頂を迫らせた。

しかし二人は強烈な愛撫を一向に止めないので、どうやら一回目はこのまま果てて良いらしい。

そう思うと平太も我慢するのを止め、この快楽を素直に受け止めて高まり、下からもズンズンと股間を突き上げ、たちまち昇り詰めてしまったのだった。

2

「い、いく……、アアッ……！」

突き上がる大きな絶頂の快感に平太は喘ぎ、熱い大量のザーメンをドクンドクンと勢いよくほとばしらせた。

「ク……、ンン……！」

すると、ちょうど含んでいた真知子が喉の奥を直撃されて呻き、噎せそうになって口を離した。

すぐにも恵利子が亀頭を含み、舌をからめながら余りのザーメンを吸い出してくれた。

「あう、気持ちいい……」

平太は、射精するというより彼女の意思で吸い出されるように、腰を浮かせて呻いた。

何やら陰嚢から直に吸い取られているようで、まるでペニスがストローと化したかのようだった。

最後の一滴まで出し切ると、彼は硬直を解いてグッタリと身を投げ出した。

すると恵利子も吸引を止め、亀頭を含んだまま口に溜まったザーメンをゴクリと一息に飲み干してくれた。

「く……」

喉が鳴ると同時に口腔がキュッと締まり、彼は駄目押しの快感に呻いてピクンと幹を震わせた。

ようやく恵利子が口を離し、なおも余りをしごくように幹を握って動かし、尿道口から滲む白濁の雫まで舐め取ってくれた。

真知子も一緒になって舌を這わせてきたので、もちろん口に飛び込んだ濃い第一撃は飲み込んでくれたようだ。

「あうう、も、もういいです……」

平太は呻いて言い、過敏に幹を震わせながら降参するようにクネクネと腰をよじった。するとニ人も舌を引っ込めて顔を上げ、

「若いから濃くて多いわ……」

真知子が、チロリと舌なめずりしながら言った。

「さあ、回復するまでしてほしいことがあったら言って。二人で何でもしてあげる」

恵理子が言うので、平太はその言葉だけですぐにも回復しそうになった。

「じゃ、足の裏を顔に乗せて……」

余韻の中、息を弾ませて言うと、二人は立ち上がり、彼の顔の左右に立った。

「いいのかしら、こんなことするなんて初めてよ……」

真知子が尻込みしながら言ったが、恵利子が片方の足を浮かせ、そっと平太の顔に乗せたので、恐る恐る自分も同じようにした。

平太は、二人の美熟女の足裏を顔に受け、陶然《とうぜん》となりながら舌を這わせはじめた。

「あう、くすぐったいわ……」

真知子がビクリと反応して言い、フラつく身体を二人で支え合った。

二人の指の間に鼻を埋め込んで嗅ぐと、どちらも約束を守って昨夜から入浴していないらしく、汗と脂に湿って蒸れた匂いが濃く沁み付いていた。

「いい匂い……」

平太はムレムレの匂いで鼻腔を刺激されながらうっとりと言い、それぞれの爪先にしゃぶり付くと、指の股に舌を割り込ませて味わった。

「アア……、汚いのに……」

真知子が喘ぎ、それでも足は離さず好きなように舐めさせてくれた。

見上げると、二人の脚がスラリと上に伸び、それぞれの割れ目からは大量の愛液が溢れているのが分かった。

平太は足を交代してもらい、そちらも新鮮な味と匂いを二人分、心ゆくまで貪り尽くしたのだった。

「じゃ、顔を跨いでしゃがんで」

すでにムクムクと回復しながら平太が言うと、やはり姉貴分らしい恵利子が先に跨がってきた。

顔の左右に足が置かれ、恵利子がゆっくり和式トイレスタイルでしゃがみ込むと、白い脹ら脛と太腿がムッチリと張り詰め、さらに量感を増した。

そして肉づきが良く丸みを帯びた割れ目が、鼻先にズームアップしてきた。

熱気に顔中を包まれながら見上げると、僅《わず》かに陰唇が開き、かつて利香が産まれ出てきた膣口が息づき、光沢あるクリトリスが覗いていた。

豊満な腰を抱き寄せ、柔らかな茂みに鼻を埋め込んで嗅ぐと、やはり甘ったるい汗の匂いが濃厚に籠もり、それにほのかな残尿臭も混じって悩ましく鼻腔を刺激してきた。

やはり約束を守り、シャワートイレも使わないでいてくれ、正に彼女は昭和のままの、ナマの匂いを沁み付かせていた。

匂いを貪りながら舌を挿し入れ、膣口の襞をクチュクチュ掻き回し、淡い酸味のヌメリを味わいながらクリトリスまで舐め上げていくと、

「アアッ……！」

恵利子が熱く喘ぎ、白い下腹をヒクヒク波打たせた。

平太は味と匂いを貪ってから、さらに白く豊かな尻の真下に潜り込み、顔中に双丘を受け止めながら谷間の蕾に鼻を埋め、悩ましく籠もって蒸れた匂いで鼻腔を刺激された。

充分に嗅いでから舌を這わせ、ヌルッと潜り込ませると、

「あう……」

恵利子が呻き、キュッと肛門で舌先を締め付けてきた。

「すごいわ……」

見ていた真知子が声を洩らした。彼が前も後ろも厭《いと》わず舐めるので、期待と羞恥に熱い息が弾んでいた。

平太は滑らかで微妙に甘苦い粘膜を探り、ようやく舌を引き離した。

「こ、交代よ……」

恵利子は、もっと感じていたいのを堪えて言い、懸命に股間を引き離して真知子のために場所を空けた。

すると真知子も彼の顔に跨がり、恐る恐るしゃがみ込んできた。

やはり脚がムッチリと張り詰め、濡れた割れ目が鼻先に迫った。

大人しげな顔立ちに似合わず、茂みは情熱的に濃く、クリトリスも大きめで、陰唇の内側には白っぽく濁った愛液が滲んで、今にも滴《したた》りそうになっていた。

平太は同じように腰を抱き寄せ、恥毛に鼻を擦りつけて嗅いだ。

隅々には濃厚に蒸れた汗とオシッコの匂いが籠もり、彼は嗅ぎながら舌を挿し入れて膣口を掻き回し、クリトリスまで舐め上げていった。

「アア、いい気持ち……」

真知子がビクッと反応して喘ぎ、思わずギュッと座り込みそうになりながら、懸命に彼の顔の左右で両足を踏ん張った。

平太も大量のヌメリをすすり、クリトリスを執拗に舐め回し、尻の真下にも潜り込んでいった。

谷間の蕾は、出産で息んだ名残《なごり》のように、レモンの先のように僅かに突き出た艶めかしい形をしていた。

3

「あう、変な気持ち……」

平太が微香を嗅いでからチロチロと舐め回し、ヌルッと潜り込ませると真知子が呻き、肛門で舌先を締め付けてきた。

彼は滑らかな粘膜を探り、再び割れ目に戻って愛液をすすり、クリトリスに吸い付いていった。

「アア、いいわ。可愛い男の子を跨いで舐めてもらうなんて……」

真知子も、すっかり羞恥や戸惑いを越え、正直に愛撫に反応していた。

「すっかり元の硬さと大きさだわ」

恵利子が言い、ペニスにしゃぶり付いた。

そして唾液の潤いを与えると、すぐ口を離して顔を上げ、先に跨がってきたのだ。

先端に割れ目を押し当て、ゆっくり腰を沈み込ませると、屹立したペニスはヌルヌルッと滑らかに根元まで呑み込まれていった。

「アアッ……！」

恵利子が完全に座り込んで股間を密着させ、前で彼の顔に跨がっている真知子の背にもたれかかって喘いだ。

平太も、恵利子の膣内の温もりと締め付けを味わいながら、懸命に真知子のクリトリスを舐めて愛液をすすった。

すぐにも恵利子が腰を遣《つか》いはじめたが、強烈なダブルフェラで果てたばかりなので、しばらくは暴発の心配もないだろう。

「も、もうダメ……」

真下から舐められていた真知子が、絶頂を迫らせて言うと、ビクッと股間を引き離してきた。

やはり、若いペニスを入れられて果てたいのだろう。

「アア、すぐいく……！」

恵利子は動きながら、大量の愛液を漏らし、互いの股間をビショビショにさせて膣内の収縮を活発にさせた。

一対一でなく、真知子もいるから普段とは違う高まりのようだ。

平太もズンズンと股間を突き上げると、恵利子は彼の胸に両手を突っ張り、上体を反らせ気味にしながら、たちまちガクガクと狂おしいオルガスムスの痙攣を開始した。

「いく……、アアーッ……！」

恵利子は声を上ずらせ、あとは快感を噛み締めながらヒクヒクと震え、やがてグッタリともたれかかってきた。

「すごいわ、すぐいっちゃった……」

恵利子が荒い息遣いで言い、なおも膣内をキュッキュッと締め付けていたが、やがて真知子のため場所を空け、ゴロリと横になっていった。

すると、待っていた真知子が身を起こし、まだ恵理子の愛液にまみれて湯気さえ立てているペニスに跨がってきた。

先端に割れ目を押し付け、位置を定めると息を詰め、若いペニスを味わうようにゆっくり腰を沈めていった。

張り詰めた亀頭が潜り込むと、あとは重みとヌメリでヌルヌルッと滑らかに根元まで呑み込まれた。

「アァッ……！　すごい、奥まで感じる」

真知子が、初めて夫以外のペニスを受け入れ、顔を仰け反らせて喘いだ。

平太も、恵利子とは温もりと感触も微妙に違う膣内を味わい、やがて両手を回して真知子を抱き寄せた。

彼女も身を重ね、平太は僅かに両膝を立てて豊満な尻を支えた。

そして真知子の豊かな乳房を見ると、何と濃く色づいた乳首にはポツンと白濁の雫が浮かんでいるではないか。

（ぼ、母乳……）

平太は歓喜に目を輝かせ、まだ保てそうなので動かず、潜り込むようにして乳首に吸い付いていった。

雫を舐め取り、なおも吸ったがなかなか出ない。あれこれ試すうち、唇で強く乳首の芯を挟み付けて吸うと、ようやく生ぬるく薄甘い母乳が滲んで舌を濡らしてきた。

喉を潤すと、甘ったるい匂いとともに甘美な悦びが胸を満たしてきた。

肉体は三十歳だが、まさか九十四歳になって美人妻の母乳が飲めるとは、何と幸せだろうと平太こと昭一郎は思った。

では、最初から感じていた真知子の甘ったるい体臭は、母乳だったようだ。

「アア、飲んでいるの……？」

真知子が喘ぎながら言い、さらに分泌を促すように自ら巨乳を揉んでくれた。

あらたか飲み尽くすと、膨らみの張りが心なしか和らぎ、やがて平太はもう片方の乳首にも吸い付き、すっかり要領を得て母乳を飲み込んだ。

すると、余韻に浸っていた恵利子が横で呼吸を整え、自分の巨乳を割り込ませてきたのである。

「私のも吸って。お乳は出ないけど」

言われて、平太はそちらの乳首にも吸い付いて舌で転がした。

やはり恵利子も、まだ自分は乳首を吸ってもらっていないので、対抗意識を湧かせたのかも知れない。

彼は顔中に押し付けられる二人分の巨乳で揉みくちゃにされながら、それぞれの乳首を順々に吸って温もりに包まれた。

さらに真知子の腋の下に鼻を埋めると、そこには何と色っぽい腋毛が煙っていたのだ。

やはり夫婦生活も疎遠になり、育児に専念しているのでケアしていないのだろう。

ちなみに赤ん坊は、今日は真知子の親に預けて出てきたらしい。

平太は生ぬるく湿った腋毛に籠もる、何とも甘ったるい汗の匂いで胸を満たした。

もちろん恵利子の腋も嗅ぎ、彼は混じり合った匂いの刺激で、真知子の膣内にあるペニスをヒクヒクと歓喜に震わせた。

すると真知子が、自分から徐々に腰を動かしはじめた。

溢れる愛液で、すぐにも律動が滑らかになり、クチュクチュと淫らに湿った摩擦音が聞こえてきた。

平太もズンズンと股間を突き上げ、恵利子とは微妙に異なる摩擦と締め付けを味わいながら高まっていった。

「ね、母乳を顔にかけて……」

言うと、真知子も胸を突き出し、指で乳首を摘んだ。

白濁の母乳がポタポタと滴り、さらに無数の乳腺から霧状になったものが彼の顔中に生ぬるく降りかかった。

「ああ……」

平太は甘ったるい匂いに包まれながら喘ぎ、突き上げを強めていった。

4

「顔中お乳でヌルヌルよ」

恵利子が言って顔を寄せ、母乳に湿った平太の顔にヌラヌラと舌を這わせてくれた。

顔を濡らす母乳に恵利子の唾液が混じり、興奮を高めた彼は真知子の顔も引き寄せ、三人で唇を重ねた。

すると二人も舌を伸ばしてくれたので、平太はそれぞれの舌を舐め回し、滑らかな感触と生温かな唾液を味わった。

「アア、こんなの初めて……」

真知子が舌を離して言い、熱く湿り気ある息を弾ませた。

確かに、平太だってこんな経験は一生に一回かも知れない。いや、普通の男は一生経験しない贅沢な快楽であろう。

二人の吐息は甘く濃厚な白粉臭だが、それに食事の名残か、淡いオニオン臭やシナモン臭も混じり、何とも悩ましく鼻腔を刺激してきた。

「唾を垂らして……」

さらにせがむと、先に恵利子がたっぷりと口に唾液を溜め、形良い唇をすぼめて迫り、白っぽく小泡の多い唾液をトロトロと吐き出してくれた。

それを口に受けると、すぐに真知子もクチュッと垂らしてくれ、平太は混じり合った唾液を味わい、うっとりと喉を潤した。

そして二人の顔を引き寄せて股間の動きを強めると、

「アア……！」

真知子が熱く喘ぎながらも、恵利子と一緒に彼の顔中を舐め回してくれた。

平太は二人分の唾液のヌメリと吐息の匂いに高まり、心地よい肉襞の摩擦の中でとうとう昇り詰めてしまった。

「い、いく……！」

大きな快感に口走り、ありったけの熱いザーメンをドクンドクンと勢いよくほとばしらせると、

「あ、熱いわ、いく……、ああーッ……！」

柔肉の奥深い部分を直撃され、真知子もオルガスムスのスイッチが入ったように熱く喘いだ。

そしてガクガクと狂おしい痙攣を繰り返し、彼自身をきつく締め上げた。

平太は駄目押しの快感を嚙み締め、二人の濡れた口に鼻を擦りつけながら、心置きなく最後の一滴まで出し尽くしていった。

すっかり満足しながら徐々に突き上げを弱めていくと、

「アア……」

真知子も満足げに声を洩らし、肌の強ばりを解いてグッタリともたれかかってきた。

まだ膣内はキュッキュッと名残惜しげな収縮を繰り返し、刺激されるたびに射精直後のペニスがヒクヒクと中で跳ね上がった。

「あう、まだ動いてる……」

真知子が、若いペニスを嚙み締めるように締め付けて言った。

平太は、二人分の温もりを感じ、吐き出される混じり合ったかぐわしい濃厚な息を嗅ぎながら、うっとりと快感の余韻に浸り込んでいった。

「こんなに感じるなんて……」

「して良かったでしょう?」

真知子が言うと、平太を与えた形になっている恵利子が、どこか誇らしげに答えた。

真知子は頷き、荒い呼吸が整わないまま、そろそろと股間を引き離し、恵利子とは反対側にゴロリと横になった。

平太が身を投げ出していると、恵利子が身を起こして屈み込み、愛液とザーメンに濡れた亀頭にしゃぶり付いてきたのだ。

「あうう……」

平太は呻き、クネクネと腰をよじった。

恵利子は念入りに舌を這わせてヌメリを吸い、綺麗にしてくれた。

すると、またもやペニスがムクムクと回復してきたのだ。

やはり美熟女が二人いると、回復も倍の速さのようだ。

やがて恵利子がスポンと口を離し、顔を上げると、

「もうお風呂入ってもいいわね？」

言ってベッドを降りると、まだ割れ目の処理もしていない真知子も起き上がった。

平太も身を起こし、三人で全裸のままバスルームへと移動していった。こんなところへもし利香が帰ってきたら、一体どう思うことだろう。

やがて三人で身を寄せ合いながら身体を流し、順々に湯に浸かった。

もちろん平太はすっかり回復しているので、もう一回ぐらい射精しないと気が治まらない。

その前に、せっかくバスルームだから例のものを求めてしまった。

「じゃ、ここに立って肩を跨いで」

彼は言って床に座り、二人を左右に立たせて肩に跨がらせ、顔に股間を向けさせた。

「オシッコして」

期待と興奮に勃起しながら言うと、

「ええっ……？」

真知子が驚いたように声を洩らしたが、すぐにも恵利子が下腹に力を入れはじめたので、後れを取るまいと息を詰めて尿意を高めはじめてくれた。

平太は左右から迫る割れ目に顔を埋め、交互に舌を這わせた。恥毛に籠もっていた濃厚な匂いもすっかり薄れてしまったが、舐めると二人とも新たな蜜を漏らして舌の動きを滑らかにさせた。

そして先に、やはり恵利子の柔肉が蠢き、迫り出すように盛り上がって味と温もりを変化させた。

「あう、出ちゃう……」

恵利子が言うなり、チョロチョロと熱い流れがほとばしってきた。

それを口に受けて味わい、淡い匂いを感じながら喉に流し込んだ。

「く……、出る……」

すると間もなく真知子も呻き、ポタポタと温かな雫を滴らせて彼の肩を濡らし、やがて一条の流れを注いできた。

そちらにも顔を向けて味わい、うっとりと喉を潤した。

どちらも味も匂いも控えめで、抵抗なく喉を通過した。

片方を口に受けているときは、もう一人の流れが勢いを増して肌を温かく濡らし、勃起したペニスを心地よく浸してきた。

「アア、こんなことするなんて……」

真知子が喘ぎ、ガクガクと脚を震わせるたび流れが揺らいだ。

やがて二人の流れが治まると、平太は代わる代わる割れ目に舌を這わせ、残り香の中で余りの雫をすすった。

どちらも新たな愛液が溢れて残尿に混じり、雫がツツーッと糸を引いた。

そして柔肉を舐めると、すぐにもオシッコの味わいが薄れ、淡い酸味のヌメリが割れ目内部に満ちていったのだった。

5

「ね、今度は私の中に出して」

ベッドに戻ると恵利子が言った。

やはり自分の家だから、遠慮なく彼を求めてきた。

「私はもう充分。またしたら、家へ帰れなくなってしまうわ」

すると真知子が言い、それでも淫らな雰囲気に浸っていたらしく見る側に回るようだった。

平太は、また仰向けになった。

やはり仰向けで受け身になる方が好きで、しかも相手が二人いるから、弄ばれたり貪られる方が興奮するのだった。

恵利子が屈み込み、巨乳の谷間に勃起したペニスを挟み、両側から揉んでくれた。

「ああ、気持ちいい……」

平太は、肌の温もりと柔らかな膨らみに包まれて喘いだ。

すると真知子も、交代して強烈なパイズリをしてくれ、まだ滲む母乳でペニスを生温かく濡らした。

「足コキもして……」

彼が言うと、二人とも腰を下ろして両足を伸ばし、左右の足裏でペニスを挟み、交互にクリクリと動かしてくれた。

「ああ……、足で可愛がるなんて、変な気持ちだわ……」

真知子も、もう自分はいいと言いつつ、すっかり熱く息を弾ませて言った。

平太は、二人がかりのパイズリと足コキで最大限に勃起し、さらに二人は顔を寄せ、同時にダブルフェラをしてくれたのだった。

「アア……」

彼は激しい快感に喘ぎ、交互に亀頭をしゃぶられ、ミックス唾液にまみれた幹をヒクヒク震わせた。

そして恵利子が身を起こし、女上位でヌルヌルッと根元まで嵌め込んでいった。

「アア……、いいわ……」

恵利子が顔を仰け反らせて喘ぎ、今度はすぐに身を重ねてきた。

平太も温もりと締め付けを味わいながら抱き留め、添い寝した真知子の割れ目に指を這わせた。

愛液のついた指の腹で小刻みにクリトリスを擦ると、

「ああ、いい気持ち……」

彼女も喘ぎながら平太の頰に唇を押し当ててきた。

恵利子は徐々に腰を動かしながら、同じように彼の顔に舌を這わせ、耳の穴まで舐め回してくれた。

身体は洗い流しても、まだ歯磨きはしていないから二人の吐息は濃厚な刺激を含み、悩ましく彼の鼻腔を搔き回してきた。

「思い切り唾をかけて」

下から言うと、すぐに恵利子は息を吸い込んで止め、顔を寄せるとペッと強く唾液を吐きかけてくれた。

平太はかぐわしい息を顔中に受け、生温かな唾液の固まりに鼻筋を濡らされて快感を高めた。

すると真知子も、控えめにペッと吐きかけてくれ、生まれて初めての痙攣の連続に激しく身悶えはじめた。

三人同時に舌をからめ、彼は二人の吐息で顔中を湿らせながらズンズンと股間を突き上げた。

恵利子も股間を擦り付けるように蠢かし、ピチャクチャと音を立てながら動き続けた。

「アア、す、すぐいきそう……」

恵利子が熱く喘ぎ、収縮を活発にさせていった。

平太も真知子のクリトリスをいじりながら舌をからめ、混じり合った唾液でうっとりと喉を濡らして高まった。

すると何と、二人が同時にオルガスムスに達してしまったのだ。

「い、いく……、アアーッ……！」

恵利子が声を上げてガクガクと狂おしい痙攣を開始すると、

「いっちゃう、気持ちいい……！」

真知子もクリトリスを刺激されて口走り、同じようにヒクヒクと痙攣したのだ。

平太は混じり合った吐息を嗅ぎながら、とうとう三度目の絶頂に達した。

「く……！」

突き上がる快感に呻き、まだ出るかと思えるほどのザーメンを勢いよくドクドクと注入した。

「あう、もっと……！」

噴出を感じた恵利子が駄目押しの快感に呻き、きつく締め上げながら粗相したように大量の愛液を漏らした。

彼も快感に身悶えながら、最後の一滴まで出し尽くしていった。

「も、もういいわ……」

真知子が腰をよじって言うので、平太もクリトリスから指を離してやり、満足しながら突き上げを弱めていった。

「ああ……、良かった……」

恵利子も満足げに声を洩らし、熟れ肌の強ばりを解いて、グッタリと遠慮なく体重を預けてきた。

平太はなおも過ぎゆく快感を惜しむように、膣内でヒクヒクと過敏に幹を震わせると、応えるように恵利子もキュッキュッと締め上げてきた。

そして彼は二人分の温もりを味わい、混じり合った甘く濃厚な吐息を嗅ぎながら、うっとりと快感の余韻に浸り込んでいった。

「すごい経験だわ。こんなに何度もいくなんて……」

「今度は二人きりで会うといいわ」

真知子が言うと、恵利子も平太の貸し出しを許可するように答えたのだった。

6

「連載、すごく評判がいいわ。特に年配の読者に」

平太が編集部を訪ねると、メガネ美女、亜津子が言った。彼が連載している、昭一郎の自伝の担当編集者である。

「嬉しいです。いくらでも書くことはありますので」

「そう、お爺さまは昏睡状態と聞くけど、よほど多くの話を伺っていたのね」

亜津子は感心して言い、打ち合わせを終えると急に熱っぽい眼差しになった。

「時間はある？」

「ええ、もちろんです」

「じゃ出ましょう」

亜津子は言って、気が急くように立ち上がった。彼の顔を見た途端、淫気が湧き出してきたようだ。

もちろん平太も、亜津子との行為を期待して来たのである。

やがて二人で編集部を出ると、前にも行った駅裏のラブホテルに入った。

ドアをカチリとロックすると、密室に入った実感が湧いた。

先日のような、美女二人を相手にする3Pも夢のように心地よかったが、あれは一生のうち、そう何度もない祭かスポーツに近いもので、やはり秘め事は二人きりの密室に限ると平太は思った。

淫気が伝わり合うと、もう言葉など要らず、二人ですぐにも脱ぎはじめた。

「今日は、午前中ずっと取材で動き回って汗ばんでいるけど、やっぱりシャワー浴びなくていいの？」

亜津子は、生ぬるく甘ったるい汗の匂いを揺らめかせ、見る見る肌を露わにしながら言った。どうせ彼女も、待ちきれないほど欲求が高まっているのだろう。

「ええ、もちろん」

平太は答えて先に全裸になり、ベッドに横になった。

亜津子もすぐに一糸まとわぬ姿になり、ベッドに上がってきた。もちろん彼の願いで、メガネだけはそのままだ。

「ずいぶん引き締まってきたわね」

「ええ、年中ジムに行ってるので」

平太が答えると、亜津子は彼の胸や腹を撫で回し、屹立している強ばりをやんわりと握った。

「硬いわ。そんなに私としたい？」

「ええ……」

ニギニギと愛撫されながら答えると、彼女は屈み込んで先端をチロチロと舐め回し、丸く開いた口でスッポリと喉の奥まで呑み込んでいった。

「ンン……」

生温かく濡れた口腔に包まれると、彼はからみつく舌の刺激に幹を震わせた。

亜津子も深々と含んで吸い付きながら熱く鼻を鳴らし、顔を上下させてスポスポと強烈な摩擦を繰り返した。

もちろん彼が果てる前に、充分に唾液にまみれるとスポンと口を引き離した。

そして愛撫をせがむように仰向けになってきたので、彼も入れ替わりに身を起こしてまず彼女の足裏に顔を押し付けた。

「あう、そこから？」

亜津子が言いながらも、拒まず身を投げ出してくれた。

平太は足裏を舐め回してから、指の間に鼻を押し付けて嗅いだ。やはりそこは生ぬるく蒸れた汗と脂に湿り、濃い匂いが沁み付いていた。

彼は美女の足の匂いを貪り、爪先にしゃぶり付いて順々に指の股に舌を割り込ませて味わった。

「アア、くすぐったいわ……」

亜津子は腰をよじって喘ぎ、彼の舌を爪先で挟み付けた。

平太は両足とも充分に味と匂いを貪り尽くすと、彼女をうつ伏せにさせ、踵からアキレス腱、脹ら脛からヒカガミ、太腿から尻の丸みを舐め上げていった。

腰から滑らかな背中を舐め上げると、ブラの痕《あと》は汗の味がした。

肩まで行くと髪に鼻を埋めて嗅ぎ、耳の裏側の蒸れた湿り気も嗅いで舌を這わせた。

そして背中を舐め降り、尻に戻ってムッチリと谷間を広げ、ピンクの蕾に鼻を埋めて微香を嗅いだ。

悩ましい匂いで鼻腔を刺激されてから舌を這わせて襞を濡らし、ヌルッと潜り込ませて滑らかな粘膜を探った。

「く……」

亜津子が顔を伏せて呻き、キュッと肛門で舌先を締め付けてきた。

平太は舌を蠢かせ、ようやく顔を上げると再び彼女を仰向けにさせた。そして片方の脚をくぐって股間に顔を寄せた。

「前よりも、やり方が丁寧だわ。何人も女を知ったのね」

「いえ、亜津子さんだけですので」

「嘘ばっかり……」

亜津子が答え、やがて愛撫を待つように身を投げ出した。

平太は白くムッチリと張りのある内腿を舐め上げ、熱気と湿り気の籠もる割れ目に迫っていった。

白い肌をバックに黒々と艶のある恥毛が茂り、割れ目からはみ出した陰唇がネットリとした大量の蜜に潤っていた。

顔を埋め込み、柔らかな恥毛に鼻を擦りつけ、隅々に蒸れて籠もる汗とオシッコの匂いを貪った。

そして舌を差し入れ、淡い酸味のヌメリで膣口の襞を掻き回し、味わいながらゆっくり柔肉をたどり、ツンと突き立ったクリトリスまで舐め上げていった。

「アアッ……！」

亜津子がビクッと顔を仰け反らせて喘ぎ、彼もチロチロと舌先で弾くように、執拗にクリトリスを刺激した。

そっと左手の人差し指を、まだ唾液に濡れている肛門に当て、浅く潜り込ませ、さらに右手の二本の指を濡れた膣口に押し込んでいった。

「あう……、いい気持ち……」

それぞれの内壁を指の腹で擦り、なおもクリトリスを吸うと、亜津子が呻き、前後の穴で指を締め付けてきた。

平太は膣内の天井にある膨らみ、Ｇスポットも圧迫し、肛門に入った指を出し入れさせるように動かした。

「アア……、い、いきそうよ……」

亜津子が白い下腹をヒクヒク波打たせて喘ぎ、大量の愛液を漏らして指の動きを滑らかにさせた。

「お、お願いよ、入れて。指じゃなくあなたを……」

すっかり絶頂を迫らせながら亜津子がせがむと、彼も前後の穴からヌルッと指を引き抜いて顔を上げた。

膣内にあった二本の指は、攪拌されて白っぽく濁った愛液にまみれ、湯上がりのように指の腹がふやけてシワになっていた。

肛門に入っていた指に汚れはないが、悩ましい微香が感じられた。

やがて平太は身を起こして股間を進め、正常位で先端を押し当てると、ゆっくり挿入していった。

ヌルヌルッと根元まで呑み込まれると、

「アアッ……、いい……！」

亜津子が身を弓なりに反らせて喘ぎ、キュッと締め付けてきた。

彼も肉襞の摩擦を味わいながら股間を密着させ、脚を伸ばして身を重ねていった。

　すると彼女が下から両手を回してしがみつき、待ちきれないようにズンズンと股間を突き上げはじめたのだった。

　平太はまだ動かず、屈み込んで乳首に吸い付き、舌で転がしながら左右ともじっくり味わったのだった。

7

「お願い、強く突いて、何度も奥まで……」

　亜津子が激しく股間を突き上げ、熱く息を弾ませて言った。

　平太は両の乳首を充分に愛撫してから、彼女の蒸れて湿った腋の下にも鼻を埋め、甘ったるい汗の匂いに酔いしれながら、ようやく徐々に腰を突き動かしはじめた。

　すると亜津子が急激に収縮を強め、

「い、いっちゃう、アアーッ……！」

　たちまち声を上ずらせ、ガクガクと狂おしく腰を跳ね上げながら、オルガスムスに達してしまったのである。

その収縮と摩擦の中でも、平太は我慢することが出来た。だいぶこの若い肉体にも慣れ、先日の3Pのように射精回数だけこなすのではなく、ジックリ一回を楽しもうという方向に変わりつつあるのだった。

なおも股間をぶつけるように抽送を続けていると、

「アア、もうダメ……」

亜津子が力尽きたように声を洩らし、硬直を解いてグッタリと身を投げ出していった。

平太も徐々に動きを止めてゆき、それ以上の刺激を与えないようにヌルッと引き抜いてやった。

「ああ、すごかったわ。あっという間にいっちゃったけど、君はまだなのね。良くなかった……?」

亜津子が息を荒げながら、気づいたように言った。

「いえ、バスルームから出てから、思いきりいきますので」

平太が言って身を起こすと、亜津子もティッシュを使わず、すぐにベッドから降りてきた。その身体を支えながら一緒にバスルームに行き、シャワーの湯を浴びた。

「じゃ、オシッコして……」

床に座り、彼は目の前に亜津子を立たせて言った。

「それをすれば、激しく燃えるのね……」

亜津子は、まだとろんとした眼差しで言うと、自分から片方の足を浮かせ、バスタブのふちに乗せた。

開いた股間に顔を埋め、舌を這わせると新たな愛液が溢れてきた。

「アア……、すぐ出そう……」

亜津子がガクガクと膝を震わせながら言い、間もなく柔肉が妖しく蠢きはじめた。

そしていくらも待たないうち、チョロチョロと熱い流れがほとばしってきたのだ。

それを口に受け、平太はやや濃い味わいと匂いを堪能して喉を潤した。

勢いがつくと口から溢れた分が肌を伝いながら、まだ果てておらず屹立したペニスが温かく浸された。

「ああ、いい気持ち……」

ゆるゆると放尿しながら、彼女は喘いだ。

やがて流れが治まると、彼は滴る雫をすすり、残り香の中で割れ目を舐め回した。

「も、もうダメよ、続きはベッドで……」

亜津子が言って足を下ろし、二人でもう一度湯を浴びてから身体を拭き、またベッドに戻っていった。

今度は平太が仰向けになると、すぐにも亜津子が屈み込んで亀頭をしゃぶり、生温かな唾液にまみれさせてくれた。

スポスポと摩擦し、やがて彼が充分に高まったと思える頃、

「また入れていい？」

亜津子が顔を上げて言った。

「ええ、今度は上から入れて下さい」

平太が答えると、亜津子は前進して彼の股間に跨がり、先端を押し当ててゆっくり膣口に受け入れていった。

たちまち肉棒が、ヌルヌルッと根元まで嵌まり込み、彼女はピッタリと股間を密着させてきた。

「ああ、またすぐいきそうよ……」

亜津子が顔を仰け反らせて喘ぎ、貪欲にキュッキュッと締め上げてきた。

平太は両手を伸ばして彼女を抱き寄せ、両膝を立てた。

亜津子も身を重ね、彼の胸に乳房を押し付けて弾ませ、顔を寄せると上から熱烈に唇を重ねてきたのだ。

密着する柔らかな感触と唾液の湿り気を味わい、舌を挿し入れて滑らかな歯並びを左右にたどると、

「ンン……」

亜津子は熱く鼻を鳴らして歯を開き、舌をからみつけてきた。

生温かな唾液に濡れた舌が滑らかに蠢き、彼は流れ込むヌメリをすすりながらズンズンと股間を突き上げはじめた。

「アア、気持ちいい、またいきそう……」

亜津子が口を離し、淫らに唾液の糸を引いて喘いだ。そして突き上げに合わせて腰を遣い、溢れる愛液でクチュクチュと湿った摩擦音を響かせた。

一度目が性急に果ててしまったので、今度は彼女もじっくり味わうように、たまに動きに緩急を付けた。

平太は肉襞の摩擦に高まりながら、彼女の顔を引き寄せ、喘ぐ口に鼻を押し込

んで熱気を嗅いだ。

美女の口の中で花粉臭の甘い匂いが籠もり、それに昼食の名残らしく淡いガーリック臭も混じり、何とも悩ましい刺激が鼻腔を掻き回した。

やはり濃い刺激の方が、美しい顔とのギャップ萌えで興奮が高まった。

「しゃぶって……」

股間を突き上げながら言うと、亜津子もまるでフェラチオするように彼の鼻の頭を舐め回してくれた。

平太は、唾液と吐息の濃厚な匂いに激しく高まり、摩擦快感の中でとうとう昇り詰めてしまった。

「い、いく……！」

突き上がる大きな絶頂の快感に口走ると同時に、ありったけの熱いザーメンがドクンドクンと勢いよくほとばしり、膣内の深い部分を直撃した。

「ヒッ……、いく……！」

噴出を感じた途端、亜津子も息を呑み、二度目のオルガスムスに達したようだ。

キュッキュッと収縮する膣内で彼は心ゆくまで快感を噛み締め、最後の一滴まで出し尽くしていった。

やがて、すっかり満足しながら突き上げを弱めていくと、

「アア……」

亜津子も精根尽き果てたように声を洩らすと、肌の強ばりを解いてグッタリともたれかかってきた。

まだ息づく膣内に刺激され、ヒクヒクと幹が過敏に跳ね上がった。

「あう、もうダメ……」

亜津子も感じすぎるように呻き、平太は彼女の湿り気ある悩ましい吐息の匂いで鼻腔を満たし、うっとりと快感の余韻に浸り込んでいったのだった。

第六話　あとは任せた孫よ

1

（そろそろ、元に戻ってやらないとな……）

平太こと昭一郎は、老いて余命いくばくもないであろう自分自身の寝顔を見下ろしながら思った。

自伝の連載ものは、もう時間のある限り書き溜めて、ほぼ単行本一冊分の枚数に達しており、今さっき最終回を書き上げたところだった。

これで当分連載の間はギャラが入るし、やがて単行本になれば平太に印税も入ろう。

まだ孫の若い肉体に未練はあるが、あまり楽しみすぎたら、元に戻ったとき平太の戸惑いが大きくなる。

それに二度目の青春を謳歌《おうか》している間に、自分自身の肉体が死んでしまったら、平太の魂まで一緒にあの世へ引っ張られてしまうかも知れない。

いかに役立たずのニートでも、それはあまりに酷《こく》であろう。

仕事も一段落したことだし、多くの女体も堪能したので、戻れるものなら元通りになるつもりだった。

平太は、呼吸器を付けて昏睡している昭一郎の身体をそっと揺すってみた。

「おい、平太。そろそろ起きて自分の身体に戻れ」

言うと、何と昭一郎の目が開いたのだ。

「おお、気がついたか」

平太は目を輝かせ、さらに呼吸器の中で昭一郎が何か言おうとしているので、スイッチを切り、器具を外してやった。

「な、何で僕がいるんだ……？」

昭一郎が、かすれながらもはっきりした口調で言った。

どうやら若い平太の魂が長く肉体に宿っていた影響で、頭も言葉もはっきりしてきたようだ。

「儂は昭一郎だ。二ヶ月余り、お前の若い肉体を借りていた。いま平太が入っている肉体は儂のものだ」

「そ、そういえば、ここは離れで爺ちゃんのベッド……」

「そうだ。元通りになるかどうか分からんが、再び入れ替わるからな」

平太は言い、男同士で唇を重ねるのは御免なので、軽く頭突きするように額同士をぶつけ合った。

その瞬間、双方の魂が入れ替わって元の肉体に戻ったのである。どうやら平太の意識が覚醒したので、思っていた以上に簡単に戻れたようだった。

平太、いや昭一郎は仰向けのまま、目を白黒させている孫の顔を見上げた。

「うわ、爺ちゃん、色んなことをしていたんだな、僕の身体で……」

平太が言う。

恐らく頭の中に、この二ヶ月余りに昭一郎が行動してきた記憶が残っており、瞬時に全てを理解したようだった。

「しかも、身体が引き締まってる……」

「ああ、ジムで鍛え抜いたのだ。済まない、勝手に身体を改造して」

昭一郎も、久々に自分の声で喋った。

「いや、嬉しいよ。寝てる間に、楽して痩せられたんだから」

「ああ、リバウンドしないようにジム通いは続けろよ」

「うん……」

昭一郎が言うと、平太は頷きながらも懸命に記憶を整理したようだ。

「そうだ、階段から落ちて二ヶ月余り、僕は爺ちゃんの肉体を借りて眠っていたのか。その間に爺ちゃんは僕の身体で……」

平太は、昭一郎がしてきた行動を一つ一つ確認し、頬《ほお》を赤くさせ呼吸を弾ませた。

「うわ、利香の処女を奪ったのか。まあ僕の身体だからいいけど。しかも利香のママともして、元刑事さんの人妻に、編集のメガネ美女に、イラストレーターのゴスロリ美女に、さらに利香ママの友人の母乳妻と3Pも。そして自伝の連載か……」

「ああ、原稿は全部出来ているから、二十五枚ずつ編集に渡せ」

「うん、分かった」

平太も、頭の中に残る昭一郎の思念で容易に全てを察したようだ。

そして昭一郎の肉体もまた、若い平太の影響を受け、次第に流暢《りゅうちょう》に話せるようになっていた。

「お、起こしてくれ」

「大丈夫？」

平太がベッドのスイッチを入れ、昭一郎の上体を起こした。

「点滴も外したい。隣から忠男を呼んできてくれ。何年も食っていないから腹も減った」

「そういえば、僕も二ヶ月ばかり食ってない気が……」

「お前は食い過ぎちゃいかん。夕食まで我慢しろ」

昭一郎は、少しずつ手足を動かして様子を見た。どうやら寝たきりに戻らなくても良いほど、気力と体力が充実していた。

平太が、すぐに離れを出てゆき、両親を呼んできた。

「お父さん、気がついたんですか！」

息子の忠男が白衣姿のまま来て言い、嫁の良枝も驚いていた。

忠男が一通りの診察をし、良枝は長く寝たきりだった背中を擦ってくれた。さらに昭一郎が起きるというので、急いで風呂と粥の仕度をしてくれたのだった。

支えられながら離れを出た昭一郎は、何とか自力で風呂に入れた。

忠男は、まだ患者が待っているので医院へと戻り、良枝はバスルームに付き添い、昭一郎の身体を洗ってくれた。

(ああ、息子の嫁に洗ってもらっている)

昭一郎は感無量で身を任せ、ついムクムクと勃起しそうになるのを懸命に堪えた。やはり平太の肉体で快楽を貪り尽くしてきたので感覚が残り、老いたペニスも鎌首を持ち上げそうになっていた。

ゆっくり湯に浸かって身体を拭いてもらい、浴衣を着て久々に茶の間へ行くと、粥と漬け物が用意されていた。

「ビールを」

「まあ、大丈夫ですか？　ほんの少しですよ」

言うと良枝が出してくれ、昭一郎は久々に味わったのだった。

やがて良枝も、医院の診療時間まで戻ることになり、茶の間には昭一郎と平太の二人となった。

「利香ちゃんは、やっぱり僕を好きだったんだね」

「ああ、お前が手を出さないからいかんのだ。これからは妄想ばかりでなく、実際の行動に出ろよ」

「うん。何だか爺ちゃんは、僕がしたくて出来なかったことを全部したようだね」

「そうだ。これからはお前自身が積極的にしろ。だが、あんまりやり過ぎないようにな」

昭一郎は言い、全ての下地を整えてから、完全に孫とバトンタッチしたのだった。

2

「じゃ、脱いでもいい？」

利香が言うと、平太はドキリと胸を高鳴らせた。

何しろ平太は、自分で意識して女の子に触れるのは初めてなのだ。

二十代の頃に一度だけ風俗に行ったことはあるが、あまりに事務的で味気なく、それに年中入浴しているソープ嬢は無味無臭なので、以来一度も行っていない、完全な素人童貞であった。

しかし利香は、この二ヶ月間で祖父の乗り移った平太との体験があり、すっかり快楽に目覚めているようで、服を脱ぐにもためらいがなかった。

翌日の午後、自宅の二階である。

利香からは、大学の帰りに寄るとラインがあり、平太は期待と興奮に勃起しながら、入浴と歯磨きは済ませていた。

両親は隣の医院で仕事しているし、昭一郎は忠男の意見で、精密検査のため大学病院に行っていた。

とにかく平太も、緊張に胸を高鳴らせながら脱いだ。

「どうしたの？　いつもと様子が違うわ」

最後の一枚を脱ぎながら、利香が彼の様子に気づいて言った。

「うん、何だか、初めて利香ちゃんに触れるような気がしているんだ……」

「だって、何日か前にも会ったばかりじゃないの」

一糸まとわぬ姿になった利香がベッドに横たわって言うと、平太も全裸になって添い寝していった。

そして美少女に腕枕してもらい、恐る恐る張りのある乳房に触れながら、生ぬるく湿った腋の下に鼻を埋め、甘ったるい汗の匂いで胸を満たした。

「ああ、美少女の匂い……」

「やん、恥ずかしいから言わないで……」

思わず言うと、利香がクネクネと羞じらいに身悶えて声を震わせた。

平太は興奮しながら利香の匂いで鼻腔を刺激され、舌を這わせると彼女はくすぐったそうに身をよじった。

顔を移動させ、チュッと乳首に吸い付いて舌で転がすと、

「アア……」

利香が熱く喘ぎ、仰向けの受け身体勢になったので、彼ものしかかって左右の乳首を交互に含んで舐め回した。

さらにスベスベの肌を舐め降り、愛らしい縦長の臍を舌で探り、張り詰めた下腹に顔中を押し付けて十代の弾力を味わった。

腰からムッチリした太腿に移動し、脚を舐め降りていったが利香はじっと身を投げ出していた。

頭の中に残る昭一郎の記憶では、やはり似たような愛撫の順序で、股間は最後に取っておくらしい。

足裏を舐め、縮こまった指の間に鼻を割り込ませて嗅ぐと、汗と脂にジットリ

湿ったそこはムレムレの匂いが悩ましく濃厚に沁み付いていた。

感激しながら充分に嗅いでから爪先にしゃぶり付き、順々に指の股に舌を差し入れて味わうと、

「あん、ダメ……」

利香が腰をくねらせて喘いだが、拒む様子はないから、全ては昭一郎による調教の賜《たまもの》だろう。

祖父と同じ相手とするという抵抗が無いのも、全て自分の肉体だったということもあるし、何しろ感覚的には初めての体験だから夢中であった。

自分も頑張れば、これほどの美少女が自由になるのだから、引き籠もっていかに無駄な二十代を過ごしてきたか悔やまれた。

やがて両足とも味も匂いも薄れるほど貪り尽くすと、彼は利香の股を開かせ、脚の内側を舐め上げていった。

張りのある内腿を通過し、熱気と湿り気の籠もる股間に迫ると、割れ目からはみ出した花びらは、すでにヌラヌラと大量の蜜に潤っていた。

指でそっと陰唇を左右に広げると、自分自身で処女を散らした膣口が、花弁のような襞を息づかせていた。

真珠色の光沢を放つクリトリスもツンと突き立ち、ピンクの柔肉全体は清らかな蜜に濡れていた。

神聖で艶めかしい眺めに堪らず、平太は美少女の割れ目を目に焼き付けてから、吸い寄せられるように顔を埋め込んでいった。

柔らかな若草に鼻を擦りつけて嗅ぐと、生ぬるく甘ったるい汗の匂いと、ほのかなオシッコの匂い、さらに淡いチーズ臭も混じって鼻腔を刺激してきた。

（ああ、美少女の割れ目の匂い……）

平太は感激と興奮に包まれながら胸を満たし、陰唇の内側に舌を挿し入れていった。

柔肉は淡い酸味のヌメリに満ち、膣口の襞を搔き回すと、すぐにも舌の動きが滑らかになった。

味わいながらクリトリスまで舐め上げていくと、

「アアッ……！」

利香がビクッと顔を仰け反らせて喘ぎ、キュッときつく内腿で彼の両頰を挟み付けてきた。平太は腰を抱え込んで押さえ、執拗にチロチロとクリトリスを刺激しては、トロトロと溢れてくる蜜をすすった。

さらに彼女の両脚を浮かせ、白く丸い尻の谷間にも鼻を埋め込み、顔中に密着する双丘の感触を味わった。

ピンクの蕾にも蒸れた微香が生ぬるく籠もり、彼は匂いを貪ってから舌を這わせて襞を濡らし、ヌルッと潜り込ませて滑らかな粘膜を探った。

「あう……」

利香が呻き、キュッと肛門で舌先を締め付けてきた。

平太は中で舌を蠢かせ、ようやく脚を下ろして再び愛液でヌルヌルの割れ目に戻った。

そしてクリトリスに吸い付きながら、指を膣口に挿し入れて内壁の感触を探った。

指はヌメリで滑らかに奥まで入り、内壁にはヒダヒダがあって、ペニスを入れたらどんなに心地よいだろうと思えた。

「も、もうダメ……」

すっかり高まった利香がむずがるように嫌々をして言い、とうとう身を起こしながら、彼の顔を股間から追い出してしまった。

平太も、美少女の股間の前も後ろも味と匂いを堪能したので、素直に這い出して仰向けになった。

するると利香が顔を移動させ、大股開きにさせた彼の股間に腹這い、笑窪の浮かぶ可憐な顔を寄せてきたのである。

3

「すごい勃ってるわ。先っぽがいっぱい濡れてる……」

利香が熱い視線をペニスに注いで言い、平太は息を感じてヒクヒクと幹を震わせた。

風俗でも一度だけ口でしてもらったことはあるが、何しろ相手は可憐な美少女だから期待が高まった。

しかし利香は、まず彼の両脚を浮かせ、自分がされたように尻の谷間をチロチロと舐め回し、熱い鼻息で陰嚢をくすぐってきたのである。

「あう……！」

ヌルッと舌先が潜り込むと、平太は処女でも散らされたような声で呻き、キュッと肛門で美少女の舌を締め付けた。

利香も厭わず内部で舌を蠢かせてから、脚を下ろして舌を引き離し、今度は陰囊にしゃぶり付いてきた。

「アア……」

ここも感じる部分で、平太は腰をくねらせて喘いだ。熱い息が股間に籠もり、二つの睾丸が舌で転がされ、袋全体は生温かな唾液にまみれた。

いよいよ利香が身を乗り出し、肉棒の裏側をゆっくり舐め上げてきた。

滑らかな舌が先端まで来ると、粘液の滲む尿道口がチロチロと舐められ、張り詰めた亀頭がしゃぶられた。

（ああ、美少女が舐めてくれている……）

平太は快感に胸を高鳴らせ、今にも暴発しそうなほど高まった。

女の子は汚いものなんか舐めないはずなのに、自分の快感の中心である排泄器官を慈しむようにしゃぶっているのである。

その感激に、彼は急激に絶頂を迫らせた。

しかし今の平太には初めてでも、利香にとっては、すでに何度もしていることなので、スッポリと喉の奥まで呑み込んで吸い付き、クチュクチュと無邪気に満遍なく舌をからませてきた。

さらに彼女は顔を小刻みに上下させ、濡れた口でスポスポと強烈な摩擦を繰り返してきたのだ。

「い、いきそう……」

平太は身を硬直させて肛門を引き締め、懸命に暴発を堪えながら警告を発した。

「もう？」

利香がチュパッと口を引き離すと、股間から小首を傾げて訊いた。

どうやら普段はもっと我慢できるようだ。

そして利香は身を起こして前進すると、彼の股間に跨がってきたのだ。

どうやら女上位も、今までの二人では普通になっているらしい。

彼女は自らの唾液に濡れた先端に割れ目を押し当て、位置を定めてゆっくり腰を沈み込ませてきた。

張り詰めた亀頭が潜り込むと、あとは重みと潤いでヌルヌルッと滑らかに根元まで呑み込まれていった。

「アアッ……！」

利香が顔を仰け反らせて喘ぎ、完全に股間を密着させると、彼の股間にぺたりと座り込んだ。

平太も、肉襞の摩擦と大量の潤い、きつい締め付けと熱いほどの温もりに包まれ、懸命に奥歯を噛み締めて暴発を堪えた。

それにしても、何という快感であろう。

もう利香も痛みはないようで、相当に感じているようだ。

彼も、少しでも長くこの快感を味わっていたくて必死に我慢した。

利香は何度かグリグリと股間を擦り付けてから、ゆっくり身を重ねてきたので、平太も僅かに両膝を立てて尻の感触を味わい、下から両手でしがみついた。

張りのある乳房が彼の胸に密着して弾み、柔らかな恥毛が擦れ合い、コリコリする恥骨の感触も伝わってきた。

動かなくても息づくような収縮で、幹が微妙に刺激されていた。

すると利香が、上から顔を寄せてピッタリと唇を重ねてきたのだ。

「う……」

平太は驚いたように呻き、柔らかな感触と唾液の湿り気を感じながら、愛情の籠もったキスに感動した。

触れ合ったまま口が開かれ、利香の舌が挿し入れられ、彼もチュッと吸い付いてからネットリと舌をからめた。

「ンン……」

利香が熱く呻きながらチロチロと舌を蠢かせると、生温かく滑らかな唾液に濡れた舌が何とも心地よく美味しかった。

思わず平太がズンズンと股間を突き上げはじめると、

「アア……、いい気持ち……」

口を離した利香が喘ぎ、熱く湿り気ある吐息が顔中を撫でた。それは甘酸っぱく可愛らしい匂いで、平太は嗅ぐたびに鼻腔を刺激され、次第に突き上げを強めていった。

溢れる愛液が動きを滑らかにさせ、クチュクチュと音を立てて互いの股間をビショビショにさせた。

利香も合わせて腰を遣い、たちまち互いの動きはリズミカルに一致しながら、徐々に激しくなっていった。

「い、いきそう……」

「いいわ、私も……」

もう我慢できなくなって言うと、利香も果実臭の息を弾ませて答えた。

あまりの快感に腰の動きが止まらなくなり、たちまち平太は肉襞の摩擦と、美少女の吐息の渦の中で昇り詰めてしまった。

「く……！」

突き上がる大きな絶頂の快感に全身を貫かれて呻き、彼は熱い大量のザーメンをドクンドクンと勢いよくほとばしらせた。

「あ、熱いわ、アアーッ……！」

噴出を感じた利香も、オルガスムスのスイッチが入ったように声を上げ、ガクガクと狂おしい痙攣を開始した。

これほどの快感があろうか。平太は以前から好きだった美少女と一つになり、風俗では味わえなかった感激を得ながら股間を突き上げ、心置きなく最後の一滴まで出し尽くしていった。

すっかり満足して徐々に突き上げを弱めていくと、

「ああ……」

利香も満足げに声を洩らし、肌の強ばりを解いてグッタリともたれかかってきた。

まだキュッキュッと締まる膣内に刺激され、射精直後のペニスがヒクヒクと過敏に跳ね上がった。

そして平太は美少女の重みと温もりを受け止め、湿り気ある甘酸っぱい吐息を胸いっぱいに嗅ぎながら、うっとりと快感の余韻に浸り込んだのだった。

4

「じゃ、オシッコしてね」

階下のバスルームで、互いに身体を流してから平太は床に座って言った。

すると利香も素直に彼の前に立ち、自分から片方の足を浮かせてバスタブのふちに載せ、開いた股間を突き出してくれたのだ。

やはり頭に残る昭一郎の記憶通り、放尿プレイも二人の間では定番になっているようだった。

洗って匂いの薄れた股間に顔を埋めて舐めると、新たな愛液が溢れて舌の動きがヌラヌラと滑らかになった。

「あう、すぐ出そう……」

利香が息を詰めて言うなり、中の柔肉が迫り出すように盛り上がり、味わいと温もりが変化してきた。

　すると間もなく、チョロチョロと熱い流れがほとばしってきたのだった。

「アア……」

　利香が喘いで勢いを増し、平太も夢中で口に受け、美少女から出たものを味わい喉に流し込んだ。

　味も匂いも淡く控えめで、抵抗なく飲み込むことが出来、彼は美少女の温もりでうっとりと胸を満たした。

　勢いが増して溢れた分が肌を伝い、急激に回復したペニスが温かく浸された。

　何しろ今の平太にとっては、素人童貞を捨てたばかりなのだから、一度や二度の射精で気が済むはずもない。

　しかも相手は、長年オナニー妄想でお世話になってきた美少女なのだ。

　やがて味と匂いを堪能すると流れが治まり、彼はポタポタと滴る雫をすすり、残り香の中で割れ目内部を舐め回した。

「も、もうダメ……」

　利香が言って腰を引き、足を下ろして座り込んだ。

　新たな愛液の量からして、彼女もまた興奮を甦らせているようだが、やはりいつ彼の親が来てしまうかも知れず落ち着かないのだろう。

平太はもう一度互いの全身を洗い流してから身体を拭き、また全裸のまま二階のベッドに戻っていった。

彼は仰向けになって利香の顔を引き寄せ、ペニスをいじってもらいながら唇を重ね、舌をからめた。

「唾をいっぱい出して……」

囁くと、彼女もペニスをニギニギと指で愛撫しながら、トロトロと生温かく清らかな唾液を口移しに注いでくれた。

小泡の多いシロップを味わい、うっとりと喉を潤してから、平太は美少女の開いた口に鼻を押し込み、甘酸っぱい吐息を胸いっぱいに嗅いだ。

「しゃぶって……」

囁くと、利香も厭わず彼の鼻に舌を這わせ、惜しみなく息を吐きかけながら唾液にまみれさせてくれた。

「ああ、いきそう……」

平太は熱く可愛らしい果実臭に酔いしれ、利香の手の中でヒクヒクと幹を震わせながら言った。

「お口に出す？」

すると彼の高まりを察した利香が言い、返事も待たずに顔を移動させた。

そして屈み込むなり、先端をチロチロと舐め回してから張り詰めた亀頭を含み、モグモグと根元まで呑み込んでいった。

「ああ、気持ちいい……」

平太は快感に喘ぎ、ズンズンと股間を小刻みに突き上げた。

「ンン……」

利香も喉の奥を突かれて小さく呻くと、合わせて顔を上下させ、スポスポと強烈な摩擦を繰り返してくれた。

(出していいんだろうか……)

もちろん昭一郎の記憶で、何度も利香には飲んでもらっているのを知っているが、実際にするとなると禁断の思いが湧いた。

しかし利香はクチュクチュと音を立てて吸い付き、生温かな唾液でペニスを濡らしながらリズミカルな愛撫を続けていた。

平太は鼻に残る美少女の唾液の匂いと、心地よく濃厚な摩擦の中で、とうとう昇り詰めてしまった。

「い、いく……、アアッ……!」

大きな快感に喘ぎながら、ありったけの熱いザーメンをドクンドクンと勢いよくほとばしらせると、

「ク……」

喉の奥を直撃された利香が呻き、なおも幹を締め付けて強く吸引してくれた。

「あう、すごい……」

平太は、魂まで吸い出されそうな快感に呻き、美少女の神聖な口の中に心置きなく最後の一滴まで出し尽くしてしまった。

「ああ……」

満足しながら声を洩らし、グッタリと身を投げ出すと、利香も愛撫を止め、亀頭を含んだまま口に溜まったザーメンをコクンと一息に飲み干してくれた。

「あう、気持ちいい……」

喉が鳴ると同時に口腔がキュッと締まり、彼は駄目押しの快感に呻きながら、ピクンと幹を震わせた。

ようやく利香もチュパッと口を離し、なおも幹をしごいて余りを搾《しぼ》り、尿道口に脹《ふく》らむ白濁の雫まで丁寧にペロペロと舐め取ってくれた。

「く……、もういいよ、有難う……」

平太は過敏に幹を震わせて言い、クネクネと腰をよじった。

すると利香も舌を引っ込め、チロリと舌なめずりしながら再び添い寝してきた。

（これから、したくなったらいつでもこんな美少女が来てくれるんだ……）

平太は利香の温もりに包まれ、余韻に浸りながら思った。

（いや、利香だけじゃない。爺ちゃんが開発してくれた多くの美女たちを、順々に味わうことにしよう……）

利香に抱かれながら、他の女性を思うのも心地よい罪悪感であった。

これで、とにかく引き籠もりに戻るつもりは完全になくなったようだ。

（せっかく爺ちゃんが出版社と渡りを付けてくれたのだから、何か文章を書いて生活できるようになりたい……）

さらに平太はそう思い、手はじめに素人童貞を失った体験を元に、官能小説でも手がけようと思ったのだった。

5

「二人きりで会うと、何だかドキドキするわね……」

脱ぎながら、真知子が平太に言った。翌日の昼間、駅裏にあるラブホテルである。

そう、彼女とは先日初対面で、利香の母親である恵利子と3Pをしたばかりだが、こうして二人で会うのは初めてだった。

やはり引っ込み思案で、恵利子ともレズ関係にあった真知子だが、先日体験した、初めて夫以外の男との快楽が大きかったらしく、ラインで彼を呼び出してきたのだった。

もちろん今の平太にしてみれば、昔から馴染んでいた利香と違い、この三十五歳の人妻である真知子とは初対面と同じである。

やがて互いに全裸になり、ベッドに横たわると、

「嬉しい、こんなに勃ってるわ……」

真知子は平太の股間に目を遣って言うなり、すぐにもむしゃぶりついてきた。

引っ込み思案という記憶があったが、今はすっかり快楽に目覚め、積極的に行動を起こしていた。

スッポリと喉の奥まで呑み込み、上気した頰をすぼめて吸い付き、熱い息を彼の股間に籠もらせながらネットリと執拗に舌を蠢かせてきた。

「ああ……」

平太は圧倒される思いで快感に喘ぎ、色っぽい人妻の愛撫に身を委《ゆだ》ねた。

真知子も顔を上下させ、スポスポと貪るような摩擦を開始した。

「い、いきそう……」

急激に高まった平太は思わず腰をよじって言った。可憐な利香と違い、熟れた人妻の魅力にもすっかり嵌まっていた。

「いいわ、飲んであげるから」

「まだ勿体ない……」

真知子が口を離して言うので、彼は答えながら身を起こし、入れ替わりに彼女を仰向けにさせた。

そして平太は彼女の足裏に屈み込んで舌を這わせ、形良く揃った指の間に鼻を押し付けて嗅いだ。

そこはやはり生ぬるい汗と脂に湿り、蒸れた匂いが濃く沁み付いて、悩ましく鼻腔を刺激してきた。

平太は鼻を擦りつけて匂いを貪り、爪先にしゃぶり付いて全ての指の股に舌を割り込ませて味わった。

「あう……！」

真知子が呻き、ビクリと足を震わせた。

彼は両足とも味と匂いを貪り尽くすと、脚の内側を舐め上げ、ムッチリと量感ある白い内腿をたどって股間に迫った。

指で陰唇を広げて見ると、中はヌメヌメと大量の愛液に潤い、息づく膣口からは白っぽく濁った粘液も滲み出ていた。

平太は彼女の股間に顔を埋め込み、柔らかな恥毛に鼻を擦りつけて嗅ぎ、濃厚に蒸れた汗とオシッコの匂いに噎せ返りながら、舌を這わせていった。

淡い酸味のヌメリを掻き回し、膣口から大きめのクリトリスまで舐め上げていくと、

「アアッ……！」

真知子が熱く喘ぎ、内腿できつく彼の顔を挟み、白い下腹をヒクヒクと波打たせた。

彼は鼻腔を満たしながらクリトリスに吸い付き、溢れる愛液をすすった。

さらに両脚を浮かせ、白く豊満な尻の谷間に迫ると、ピンクの蕾はレモンの先のように僅かに突き出て艶めかしい形をしていた。

鼻を埋めて蒸れた匂いを貪ってから、舌を這わせてヌルッと潜り込ませると、

「あう……！」

真知子が呻き、キュッときつく肛門で舌先を締め付けてきた。

平太は、滑らかで淡く甘苦い粘膜を探り、ようやく脚を下ろして再び割れ目に舌を這い回らせた。

「お、お願い、入れて……」

すっかり高まった真知子がせがむと、彼も待ちきれない思いで身を起こして前進し、先端を濡れた割れ目に擦り付けた。

それほど迷うことなく位置を定め、ヌルヌルッと根元まで押し込んでいくと、何とも心地よい温もりとヌメリ、肉襞の摩擦が幹を包み込んだ。

「アアッ……、いい……！」

真知子が身を弓なりに反らせて喘ぎ、キュッときつく締め付けた。

平太は股間を密着させ、彼女に抱き寄せられるまま身を重ねていった。

遠慮なく体重を預けると、豊満な熟れ肌が彼の下で弾んだ。

屈み込んで豊かな乳房に迫ると、濃く色づいた乳首からポツンと白濁の雫が浮かんでいた。彼は嬉々として吸い付き、薄甘い母乳で舌を濡らした。

左右とも含んで強く吸い、彼がうっとりと喉を潤していると、真知子は待ちきれないように下から激しくしがみつきながら、ズンズンと股間を突き上げてきた。

平太も徐々に腰を動かしながら両の乳首と母乳を味わい、さらに腋の下にも鼻を埋め込み、色っぽく煙る腋毛に沁み付いた濃厚に甘ったるい汗の匂いを貪った。

「アア、すぐにいきそうよ……、もっと強く突いて、奥まで何度も……」

真知子が口走り、彼もいつしか股間をぶつけるように激しく律動した。溢れる愛液に動きが滑らかになり、ピチャクチャと淫らな摩擦音が響いた。

上から唇を重ねて舌を挿し入れると、

「ンンッ……」

真知子も熱く鼻を鳴らして吸い付き、滑らかに舌をからませてきた。

なおも突きまくっていると絶頂が迫り、彼女も同じようで、息苦しくなったように口を離した。

「ああ……、すごくいいわ……」

真知子が淫らに唾液の糸を引いて喘ぐと、熱く湿り気ある吐息が花粉臭の甘さと、ほのかなオニオン臭を混じらせて彼の鼻腔を悩ましく掻き回した。その刺激は、いかにもリアルな主婦といった感じで艶めかしく、たちまち平太は肉襞の摩擦と人妻の吐息で昇り詰めてしまった。

「く……！」

大きな絶頂の快感に呻き、彼は熱いザーメンをドクンドクンと勢いよく注入した。

「あう、いく……！」

噴出を感じた真知子も身を反らせて口走り、そのままガクガクと狂おしいオルガスムスの痙攣を開始した。

同時に収縮と締め付けが増し、平太は溶けてしまいそうな快感の中、最後の一滴まで出し尽くしたのだった。

満足しながら徐々に動きを弱め、遠慮亡く身を預けていくと、

「アア……、良かったわ、すごく……」

真知子も満足げに言って熟れ肌の強ばりを解き、グッタリと身を投げ出していった。

まだ膣内は名残惜しげな収縮が繰り返され、刺激されたペニスがヒクヒクと内部で過敏に跳ね上がった。

「あう、もう動かさないで……」

真知子も敏感になって言い、平太は濃厚な吐息を嗅ぎながら、うっとりと快感の余韻を味わったのだった。

6

（今度はゴスロリのイラストレーターか。爺ちゃんが若い肉体に任せてやりまくったんだな……）

平太は、奈保美のハイツを探し当てながら思った。真知子とラブホテルを出て別れた途端、奈保美から来ないかとのラインがあったのである。

真知子も育児で忙しいので、平太も一回しか射精しておらず、少々物足りない思いだったから実に絶好のタイミングだった。

訪ねると、すぐに二十代半ばの奈保美が彼を招き入れてくれた。

編集部に行って帰ったばかりらしく、濃い化粧に長い黒髪、なるほど黒を基調にしたゴスロリファッションだった。

奈保美もまた、激しい淫気を催して平太を呼んだらしい。

「いい？　すぐしたいの。ゆうべお風呂入ったきりで、今日はあちこち歩き回ってムレムレだけど構わないわね？」

奈保美が早速脱ぎはじめながら言い、彼も頷いて脱いでいった。何しろ真知子と済んだあとまたシャワーを浴びたから綺麗だし、新たな淫気に激しく勃起していた。やはり男というものは、相手が変われば何度でも出来るのだろう。

先に全裸になった平太は、彼女のベッドに仰向けになった。

奈保美は一人暮らしで仕事をし、かなり不規則な生活をしているようで、枕には濃厚な匂いが沁み付き、その刺激が鼻腔からペニスに伝わってきた。

「ね、ここに立って足を顔に乗せて」

一糸まとわぬ姿になり、ベッドに上ってきた奈保美に言うと、彼女もすぐ平太の顔の横に立ち、足裏を乗せてきてくれた。

「ああ、気持ちいい……」

平太は足裏を舐め、指の股に鼻を押し付けてうっとりと喘いだ。蒸れた匂いは真知子よりも濃く、彼は充分に匂いを貪ってから爪先をしゃぶり、汗と脂に湿った指の股を舐め回した。

「アア……、くすぐったいわ……」

奈保美は壁に手を突き、身体を支えながら喘いだ。しゃぶりながら見上げると、白い内腿の付け根の割れ目が、ヌラヌラと濡れているのが分かった。

やがて両足とも味と匂いを貪り尽くすと、足首を摑んで顔の左右に置いた。

「しゃがんで」

真下から言うと、奈保美も和式トイレスタイルでしゃがみ込み、彼の鼻先に割れ目を迫らせてきた。

M字になった脚がムッチリと張り詰め、柔らかな恥毛に鼻を埋めると、濃厚な汗とオシッコの匂いが鼻腔を刺激し、悩ましく胸に沁み込んできた。

平太は嗅ぎながら舌を挿し入れ、淡い酸味のヌメリを味わい、息づく膣口の襞から、ツンと突き立ったクリトリスまで舐め上げていった。

「アア、いい気持ち……」

奈保美が喘ぎ、座り込まないよう彼の顔の左右で懸命に両足を踏ん張った。

チロチロとクリトリスを舐めると、新たな愛液が生ぬるく滴ってきた。

さらに白く形良い尻の真下に潜り込み、顔中にひんやりして弾力ある双丘を受け止めながら、蕾に籠もった微香を嗅いだ。それは蒸れたビネガー臭に似て、妖しい刺激が鼻腔を搔き回してきた。

蕾を舐め回して収縮する襞を濡らし、ヌルッと潜り込ませて滑らかな粘膜を探

ると、

「あう……」

奈保美が色っぽい表情で呻き、キュッときつく肛門で舌先を締め付けてきた。

平太は粘膜を舐め回してから、再び割れ目に戻って大量のヌメリをすすり、クリトリスに吸い付いた。

「アア、もう充分……」

すると奈保美が言って股間を引き離し、彼の股間に移動してペニスにしゃぶり付いてきた。スッポリと喉の奥まで呑み込み、幹を丸く締め付けて吸い、熱い鼻息で恥毛をそよがせながら、口の中ではクチュクチュと舌をからめた。

しかし愛撫と言うより、唾液に濡らすのが目的だったようで、すぐにスポンと口を離すと、身を起こして前進してきた。

そして仰向けの彼の股間に跨がると、性急に位置を定め、腰を沈み込ませていった。

たちまち、屹立したペニスは、ヌルヌルッと滑らかな肉襞の摩擦を受けながら、根元まで膣内に呑み込まれた。

「アア……、いい気持ち……」

奈保美が完全に座り込み、顔を仰け反らせて喘ぎながら、密着した股間をグリグリと擦り付けた。

平太も温もりと締め付けに包まれながら高まり、両手を伸ばして彼女を抱き寄せた。

そして身を重ねた奈保美の乳房に潜り込み、左右の乳首を含んで舐め、さらに腋の下にも鼻を埋め込んで、蒸れて甘ったるい汗の匂いで胸を満たした。

すぐにも奈保美が腰を動かしはじめ、次第に股間をしゃくり上げるように擦り、大量の愛液を漏らしてきた。

彼もズンズンと股間を突き上げはじめると、すぐにもヌメリで動きが滑らかになり、溢れた愛液が彼の肛門の方まで生ぬるく伝い流れた。

互いの動きがリズミカルになると、奈保美が上からピッタリと唇を重ね、熱く息を籠もらせながら舌をからめてきた。

平太も滑らかに蠢く舌を味わい、滴る唾液で心地よく喉を潤した。

動きに合わせてピチャクチャと淫らな音が響き、収縮が強まってくると、

「い、いっちゃう……、ああーッ……!」

奈保美が口を離して声を上ずらせるなり、ガクガクと狂おしいオルガスムスの

痙攣を開始した。

平太も、彼女の熱い吐息を嗅ぎながら高まった。甘酸っぱい果実臭に、様々な濃厚な刺激を混じらせた悩ましい匂いで、ひとたまりもなく彼は昇り詰めた。

「く……！」

平太は絶頂の快感に呻き、ありったけの熱いザーメンをドクンドクンと勢いよく中にほとばしらせた。

「あう、もっと……！」

噴出を感じた奈保美が、駄目押しの快感を得たように呻き、キュッキュッときつく締め上げてきた。

彼は心ゆくまで快感を味わい、心置きなく最後の一滴まで出し尽くしていった。

満足しながら突き上げを止めると、

「アア……」

奈保美も声を洩らし、力尽きたようにグッタリともたれかかってきた。

まだ締まる膣内に刺激され、彼はヒクヒクと過敏に幹を震わせ、濃厚な吐息を嗅ぎながら余韻を味わった。

（明日は、利香のママか、それともメガネ美女の担当編集にも会いたいな……）

平太は荒い呼吸を整えながら、またすぐ次の女性に思いを馳せてしまった……。

7

(平太も、何とか頑張っているようだな)

二泊の検査入院から帰宅した昭一郎は、茶の間で一服しながら思った。

もう平太も、利香をはじめ数々の女性と懇ろになり、新たに官能小説も書きはじめたようだから、もうニートに戻る心配もなさそうだった。

検査の結果も実に良好で、奇跡的な回復に医者も驚いていた。実際の年齢より二十ばかり若返っているようで、この分なら健康なまま百歳まで生きるだろうと太鼓判を押してくれた。

しかし、それでも九十四歳なのだから、他の隠居たちと同じく、近所を散歩したりテレビを見たり、ノンビリ過ごすことになるのだろう。

(それはつまらん……)

昭一郎は思った。なまじ平太の若い肉体で思い通りにしたものだから、その熱さが身の内に漲《みなぎ》っている。

もちろん人に迷惑をかけるといけないから、運転や旅行は控え、せいぜい覚えたばかりのパソコンに熱中するぐらいにしておいた方が良いかも知れない。

今日も病院の帰りに、自分専用のスマホを買ってきたのだ。

そして昭一郎の最も強い関心は、やはり女体であった。

(涼子なら、儂を尊敬していたから、させてくれるかも知れない……)

昭一郎は、元刑事で主婦の涼子を思い浮かべた。

(いや、だが九十四歳で射精出来るものだろうか……)

万一、そのまま頓死《とんし》してしまったら、涼子に大きな迷惑がかかるだろう。

かと言って、しゃぶってもらったりするだけではなく、どうせなら射精快感が得たいのである。

(そもそも、挿入できるほど勃つのだろうか。いや……)

病院でも、美しいナースを見ながら勃起していたのだから、その心配は無かった。

硬度も辛うじてあるので、挿入は可能であろう。

ただ問題は、射精出来るかどうかである。

オナニーで試したいが、そこでポックリ逝くのではあまりに呆気なく、この世に未練が残る。

だいいち握ったまま死んでいたら、息子夫婦や孫に顔向けできない。

しかし生身を相手にすると、万一の時は多大な迷惑となろう。

(もし頓死したら、落ち着いて身繕いしてもらい、医者の息子を呼んでもらうよう言い聞かせれば良いか。よし、そうしよう)

昭一郎は思い、すぐにも涼子にライン電話をした。

「はい、藤井ですが」

すぐに涼子さんが出た。

「ああ、涼子さんか。神成昭一郎だが、奇跡的に身体が元通りになった」

「まあ、本当ですか……!」

言うと、電話の向こうで涼子が驚きの声を上げた。

「ああ、何度か見舞いに来てくれたようで、礼を言う。良ければこれから顔を見せに来てくれないか」

「分かりました。すぐ行きます!」

涼子は元気よく答え、電話を切った昭一郎は期待に胸が弾んだ。

(さて、この肉体で出来るかどうか……)

彼は立ち上がり、茶の間を出て急いで歯磨きをし、バスルームでシャワーを浴び、手早く全身を洗ってから下着を替え、離れの自室に入った。

前と同じベッドが据えられ、彼はここで寝起きするつもりだった。

息子夫婦は診療時間中だし、いま平太は出版社に行っている。上手くすれば、平太は編集のメガネ美女である亜津子と懇ろにやっていることだろう。

ソワソワと待つうち、診療所の駐車場に涼子の車が入ってきた。

離れの窓を開け、車から降りてこちらに向かう涼子に手を振ると、気づいた彼女は顔を輝かせ、足早に玄関から入ってきた。

「まあ！　本当にお元気になられたんですね」

離れに入ってきた涼子が言い、熱い眼差しを昭一郎に向けた。

昭一郎が、平太の肉体で懇ろになった美女たちの中で、涼子だけは昔からよく知っているし、彼の引退後も警察の柔道場では稽古をつけてやったこともある仲だ。

「ああ、見た通り、もう外も自由に歩ける」

彼はベッドに腰掛けて言い、彼女には椅子をすすめた。

「驚きました。またこうしてお話しできるなんて、夢のようです」

涼子は涙ぐんで言い、昭一郎は痛いほど股間が突っ張ってきてしまった。

そして久々に近況など話し合ったが、もちろん涼子は平太とのことはおくびにも出さなかった。

そして話がひとしきり済むと、昭一郎は思いきって切り出した。

「そこで頼みがあるんだが」

「はい、何でも致しますので仰って下さい」

彼が言うと、涼子も伝説のデカ長の頼みなので身を乗り出して答えた。

「若返った途端、急に性欲が旺盛になったのだが、どうせなら前から好きだった君と懇ろになりたいのだ」

「まあ、ご冗談を」

涼子は笑って言ったが、昭一郎は下着ごとズボンを下ろし、ピンピンに勃起しているペニスを露わにした。

「まあ……！」

涼子は熱い視線を釘付けにして絶句した。

「もちろん無理にとは言わん。駄目なら老人の繰り言として忘れてくれ」

「い、いいえ、私も実はずっと神成さんのことをお慕いしていましたから……」

涼子の言葉に、昭一郎は歓喜に胸と幹を震わせた。

「では……」

「はい、何でもします」

「万一の時は、服を整えてから隣の息子を呼んでくれ」

「そんなこと仰らないで下さい」

涼子は言ってにじり寄り、彼の股間に屈み込んできたのだった……。

初出誌　「特選小説」　二〇一九年十一月号〜二〇二〇年三月号

実業之日本社文庫　好評既刊

睦月影郎
淫ら上司　スポーツクラブは汗まみれ
超官能シリーズ第1弾！　断トツ人気作家が描く爽快エロス。スポーツジムの更衣室やプールで、上司や人妻など美女たちと……。
む21

睦月影郎
姫の秘めごと
山で孤独に暮らす十郎。彼のもとへ天から姫君が降ってきた！　やがて十郎は姫や周辺の美女たちと……。名匠が情感たっぷりに描く時代官能の傑作！
む22

睦月影郎
淫ら病棟
メガネ女医、可憐ナース、熟女看護師長、同級生の母、若妻などと検診台や秘密の病室で……。病院官能小説の名作が誕生！（解説・草凪 優）
む23

睦月影郎
時を駆ける処女
過去も未来も、美女だらけ！　江戸の武家娘、幕末の後家、明治の令嬢、戦時中の女学生と、濃密なめくるめく時間を……。渾身の著書500冊突破記念作品。
む24

睦月影郎
淫ら歯医者
新規開業した女性患者専用クリニックには、なぜか美女が集まる。可憐な歯科衛生士、巨乳の未亡人、アイドル美少女まで。著者初の歯医者官能、書き下ろし!!
む25

睦月影郎
性春時代
目覚めると、六十歳の男は二十代の頃の自分に戻っていた。アパート隣室の微熱OL、初体験を果たせなかった恋人と……。心と身体がキュンとなる青春官能！
む26

実業之日本社文庫　好評既刊

沢里裕二
極道刑事　東京ノワール
渋谷百軒店で関西極道の事務所が爆破された。カチコミをかけたのは関東舞闘会。奴らはただの極道ではなかった…。「処女刑事」著者の新シリーズ第二弾！

さ37

沢里裕二
処女刑事　東京大開脚
新宿歌舞伎町でふたりの刑事が殉職した。その裏には、東京オリンピック目前の女子体操界を巻き込むスキャンダルが渦巻いていた。性安課総動員で事件を追う！

さ38

沢里裕二
極道刑事　ミッドナイトシャッフル
新宿歌舞伎町のソープランドが、カチコミをかけられた。襲撃したのは上野の組の者。裏には地面師たちのたくらみがあった!?　大人気シリーズ第3弾！

さ39

沢里裕二
処女刑事　性活安全課VS世界犯罪連合
札幌と東京に集まる犯罪者たち――。開会式を爆破!?　松重は爆発寸前!!　処女たちの飽くなき闘い。豪華キャストが夢の競演！　真木洋子課長も再び危ない!?

さ310

花房観音
半乳捕物帖
茶屋の看板娘のお七は、夜になると襟元から豊かな胸をのぞかせ十手を握る。色坊主を追って、江戸城大奥に潜入するが――やみつきになる艶笑時代小説！

は23

花房観音
紫の女《ひと》
「源氏物語」をモチーフに描く、禁断の三角関係。若い部下に妻を寝取られた夫の驚愕の提案とは（「若菜」）。粒ぞろいの七編を収録。（解説・大塚ひかり）
は24

実業之日本社文庫 む2 12

昭和《しょうわ》好色一代男《こうしょくいちだいおとこ》　再《ふた》び性春《せいしゅん》

2020年6月15日　初版第1刷発行

著　者　睦月影郎《むつきかげろう》

発行者　岩野裕一
発行所　株式会社実業之日本社
〒107-0062　東京都港区南青山5-4-30
CoSTUME NATIONAL Aoyama Complex 2F
電話［編集］03(6809)0473［販売］03(6809)0495
ホームページ　https://www.j-n.co.jp/
ＤＴＰ　ラッシュ
印刷所　大日本印刷株式会社
製本所　大日本印刷株式会社

フォーマットデザイン　鈴木正道（Suzuki Design）

ISBN978-4-408-55600-0（第二文芸）